KB034563

앨리스 코너

「할아버지, 저는 이 힘으로 세계 평화에 이바지하고 싶습니다」

유리 칸토

"너무 그렇게 웃지마아~, 뿡, 우훙훗, 아하하하!"

마리아 룬 메시나

"「할아버지, 저는 이 힘으로 세계 평화에 이바지하고 싶습니다」라니……, 「지」? 「싶습니다」?"

예카테리나 폰 프로이센

"이스 신성국 대표이자 창신교의 교황을 맡고 있는 예카테리나 폰 프로이센이라고 합니다."

창신교의 교황이
이 별을 찾아올 거라는
말을 듣고
다른 일행들도
일제히 긴장하는
기세를 보였다.
하긴, 무리도 아니라리.
창신교의 교황이라면
각국의 국왕이나 황족보다
격이 높은 구름 위의 존재,
모두의 정신적인
지주이기 때문이다.

위풍당당한 사도 탄생

현자의손자 6

요시오카 츠요시 지음
키쿠치 세이지 일러스트
최승원 옮김

현자의 손자

Contents

6

서장

"컥! 크리스?!"

"컥은 또 뭐죠? 그건 제가 할 소리입니다만, 지크."

스이드 왕국에서 개최된 알스하이드 왕국, 엘스 자유 상업 연합국, 이스 신성국의 삼국 회담이 끝난 다음날, 마법 사단 소속의 궁정 마법사인 지크프리트와 근위기사 크리스티나는 서로의 상관으로부터 왕도에 있는 어떤 청사로 오라는 명령을 받았다.

설마 같은 타이밍에 호출될 줄 몰랐던 두 사람은 얼굴을 마주친 순간, 동시에 싫은 표정을 지었다.

"왜 네가 여기 있는 건데?"

"도미니크 국장님의 부르심을 받고 온 게 당연하지 않습니까. 바보예요? 그쪽이야말로 이런 곳에 오다니…… 또 무슨 나쁜 짓이라도 했다가 들킨 겁니까?"

"뭐?! 안 들켰거든?!"

"……그렇다는 건 뭔가 저지르긴 했다는 거군요."

"너, 너…… 어떻게 그걸?!"

"하아…… 그럼 당신은 루퍼 단장님께 꾸중을 들으러 왔다는 거겠군요?"

"아, 아니…… 단장님께 호출을 받기는 했지만, 그런 이유
는 아닐…… 텐데."

"왜 목소리에 자신감이 없는 거죠?"

"아니, 켕기는 곳이…… 아! 그게 아니라! 단장님도 만만
치 않게 잘 놀고 다니시니 꼭 나만 그런 건……."

평소처럼 서로를 헐뜯으면서도 크리스티나는 속으로 머리
를 감싸 쥐었다.

지크프리트의 상관인 루퍼 올그란이 그 모양이라 부하가
이런 경박한 인간이 된 게 아닐까 하는 생각이 들었기 때문
이다.

하지만 상대는 마법사단의 단장이다.

소속된 부서가 다른 그녀에게는 뭐라 직언을 할 수 없는
위치의 인물이었다.

그래서 크리스티나의 분노는 당연히 지크프리트를 향하게
되었다.

"전 진지한 이야기를 나누러 온 겁니다. 시시한 용건으로
온 당신과 같은 취급하지 마시죠."

"뭐어?! 그건 이쪽도 마찬가지거든?! 아니, 그보다 따라오
지 마!"

"하? 당신이 절 따라오는 거잖아요? 얼른 저리 가세요."

"시끄럽네 진짜. 나도 이 방으로 오라는 명령을 들었다고."

"······몹시 불길한 예감이 드는군요."

"기우로군. ······나도 그래."

서로 같은 쪽으로 걸어가다 목적지에 도착한 두 사람은 문을 노크하려고 동시에 팔을 뻗었다.

"······역시 너도 같은 방이냐."

"최악의 예감이 적중했군요."

서로를 한 차례 노려본 두 사람은 바로 동시에 문을 두드렸다.

"지크프리트 마르케스, 방금 도착했습니다!"

"크리스티나 헤이덴, 방금 도착했습니다!"

아무래도 둘이서 동시에 말하는 건 좋지 않다고 느꼈는지 한 명씩 이름을 밝혔다.

"음, 열려있으니까 들어와."

여긴 군무국 안에 있는 국장실이었다.

현재 이곳의 주인은 기사단장이자 군무국장이기도 한 도미니크 가스톨일 터.

그런데 안에서 들려온 것은 마법사단장의 목소리였다.

그렇다면 이 문 너머에는 군무국장과 마법사단장이 같이 있을 가능성이 컸다.

두 사람은 문을 열고 싶지 않은 충동에 사로잡혔지만, 결국 어쩔 수 없이 문을 열었다.

"잘 왔다. 일단 거기 앉도록."

"예에, 그럼 실례하겠습니다."

"실례하겠습니다."

역시 방 안에는 도미니크 국장이 있었고 그 옆에는 루퍼 마법사단장이 있었다.

두 사람이 대체 무슨 용건인지 고민하며 소파에 앉자 도미니크가 먼저 입을 열었다.

"이번에 고등 마법학원과 기사 양성 사관학교의 합동 훈련이 열리는 건 알고 있나?"

"예? 또요?"

"당신은 정말…… 게시판의 고지 정도는 보세요. 거기 적혀 있었잖아요?"

"아, 그러고 보니 그런 내용이 있었든가 없었든가……."

도미니크의 질문에 지크프리트가 금시초문이라는 듯한 표정을 짓자 크리스티나가 기막혀 했다.

"지크…… 너, 게시판 안 본 거지?"

"예? 아, 아하하하……."

"웃을 일이 아니라고! 이번 간부 술자리 모임은 네가 간사를 맡는다고 공지했거든?! 설마 그것도 안 본 거냐?!"

"예에?! 이번에는 제가 간사예요?!"

"짜샤! 너 지금 장난해?!"

"너야말로 때와 장소를 좀 가려! 루퍼!"

지크프리트와 루퍼의 대화에 어처구니가 없어진 도미니크

가 화를 냈다.

"아앙?! 술자리의 간사도 중요한 일이잖아!"

"이 자리에서 그런 이야기는 집어치우라는 뜻이다! 애초에 게시판을 그런 시시한 일로 쓰지 마라, 이 바보 같은 놈!"

도미니크와 루퍼 사이에 일촉즉발의 분위기가 생성되었지만, 아무렇지 않게 말을 거는 사람이 있었다.

"그런데 저희는 대체 왜 부르신 겁니까? 두 분의 만담을 감상하라고요?"

""만담 아니거든?!""

"그보다 여기로 부르신 이유나 말씀해주십시오."

크리스티나는 두 사람의 절규를 무시하고 용건만 말했다.

그제야 이야기가 탈선했다는 것을 자각한 도미니크는 마치 아무 일도 없었던 것처럼 화제를 돌렸다.

"으, 음. 그 합동 훈련 말인데……."

"예."

크리스티나는 진지한 눈으로 도미니크를 응시했다.

"자네 둘이서 월포드 군과 전하 일행이 사냥하는 모습을 좀 보고 와주게."

"다른 일행도요? 왭니까?"

대상이 신이라면 그 사고뭉치가 폭주하지 못하게 감시하라는 의미로 받아들일 수 있었겠지만, 도미니크가 다른 멤버들도 감시 대상에 포함시키자 지크프리트는 영문을 알 수 없어서 솔직하게 질문했다.

"실은 어제 스이드 왕국에 계신 아우구스트 전하로부터 연락이 왔었다네."

"……스이드에서 벌써 연락이 왔다는 말에 엄청난 위화감이 느껴집니다만."

"월포드 군이 발명한 통신기 덕분이지. 그래서 엘스와 이스도 연합에 참가하겠다더군."

""오!""

지크프리트와 크리스티나가 기쁜 표정을 짓자, 도미니크는 그런 두 남녀를 바라보며 계속 입을 열었다.

"그렇게 됐으니 슬슬 이쪽에서 구 제국령을 칠 수 있겠지."

"드디어!"

"그래. 하지만 그렇게 될 경우에는 어디에 배치해야 좋을지 난감한 인재들이 있다네."

도미니크가 거기까지 말하자 크리스티나는 납득한 표정을 지었다.

"신 일행, 얼티밋 매지션즈를 말씀하시는 거군요."

"그래. 솔직히 그들의 힘이 우리를 훨씬 웃돌고 있다는 건 알고 있네. 하지만 구체적으로 그게 어느 정도인지는 파악하지 못했지."

"그래서 월포드 군뿐만 아니라 아우구스트 전하와도 가까운 너희가 그 아이들의 실력을 좀 분석해줬으면 하는 거다."

연합이 결성되었으므로 앞으로의 작전을 세워야 하는 입장인 도미니크는 신 일행의 배치를 고민하고 있었다.

아무튼 신을 제외한 멤버들의 실력을 전혀 몰랐기 때문이다.

그래서 루퍼는 이번 훈련에 인솔자로서 참가해 그들의 실력을 분석해달라고 말했다.

그제야 자신들이 호출된 이유를 알게 된 두 사람은 그 명령을 받아들였다.

"이 녀석과 같이 가는 건 좀 내키지 않지만, 알겠습니다."

"그건 제가 할 말이지만, 저도 알겠습니다."

그리고 동시에 서로를 위협하기 시작했다.

그 모습을 본 도미니크는 한숨을 내쉬었고 루퍼는 낄낄대며 웃었다.

"자네들, 월포드 군이나 학생들 앞에서 그런 추태는 보이지 말도록."

"이미 늦은 거 아냐?"

""하지만 이 녀석이!""

동시에 반박하고 또 으르렁거리며 서로를 위협했다.

"너희들, 사이 참 좋구만."

""안 좋거든요?!""

루퍼가 더 크게 웃음을 터트렸지만, 도미니크는 머리를 감싸쥘 수밖에 없었다.

제1장 아기 만들기 선언?!

　스이드 왕국에서 열린 삼국 회담은 알스하이드 왕국, 엘스 자유 상업 연합국, 이스 신성국, 그리고 구 제국의 주변 국가들이 마인들에게 맞서 싸우기 위한 연합을 체결하는 것으로 결론이 났다.

　정말 처음에는 어떻게 될지 걱정이 많았는데 말이다.

　그리고 구 제국의 주변 국가들도 포함한 세계 연합의 정식 체결은 작전의 조정이 끝난 후— 연합 참가국의 각료들이 모여서 파병할 병력, 보급 부담, 현장에서의 역할 분담 같은 구체적인 사안을 정한 후에 하기로 했다.

　아무튼 대국들의 참가가 확정됐으니 일단 거기서 마치게 된 셈이다.

　우리는 이스 신성국의 사절단과 헤어지고 엘스 자유 상업 연합국의 사절단과 함께 알스하이드 왕국의 왕도를 목표로 이동 중이었다.

　엘스 쪽 사절단이 우리와 동행한 이유는 내가 개발하고, 연합 참가국들에게만 판매하기로 한 통신기를 손에 넣기 위해서였다.

통신기는 원래 각국에 대여해준 상황이었지만, 저마다 구매를 간절히 원한 탓에 결국 정식으로 팔기로 했고 발 빠르게 그 정보를 입수한 나바르 씨 일행은 파티장에서 날 에워싸고 좀처럼 놔주질 않았었다.

……죄다 아저씨들이라 기분은 별로 좋지 않았지만.

하긴 엘스는 상업이 기반인 나라라 장거리에서 연락을 주고받을 수 있는 통신기는 무슨 수를 써서라도 손에 넣고 싶은 물건일 터.

엘스 상인들의 필사적인 모습을 엿볼 수 있는 한 장면이었다.

통신기는 삼국 회담이 끝나고 알스하이드에 돌아간 후에 내가 오너인 상회에서 팔기 시작할 거라고 말하자 나바르 씨 일행은 그렇다면 알스하이드에 들렀다가 귀국하겠다는 말을 꺼냈다.

……엘스는 스이드를 기점으로 완전히 정반대쪽에 있는 나라다.

공표한 적이 없다 보니 게이트를 쓸 수도 없어서, 간단히 오갈 수 있는 거리가 아닌데도 말이다. 정말 상인 정신이 투철한 사람들이었다.

그런 엘스 자유 상업 연합국 사절단과 동행한 귀국은 무척 화기애애한 분위기로 이루어졌다.

파티장에서 나바르 씨가 우리와 친해지기 위해 미남미녀

들을 파견할 예정이었다는 발언에 마리아와 앨리스가 유독 큰 관심을 보였기 때문이다.

두 사람이 언젠가 파견될 얼티밋 매지션즈의 감시역 겸 직원들에 관한 개인적인 요망을 사절단에 전하거나 상인 아저씨들의 만담 같은 대화를 듣는 사이에 어느새 자연스럽게 친해지게 되었다.

하지만 아무래도 두 대국의 사절단이다 보니 규모가 상당히 클 수밖에 없었고, 그러면 당연히 마주치게 되는 것들이 있었다.

"왼쪽 방향에서 다수의 마물 반응! 중형과 대형 그리고……이, 이건?!"

탐색 마법으로 주위를 경계하던 마법사가 큰 목소리로 보고하다 도중에 경악했다.

물론 우리도 이미 상황은 파악하고 있었다. 일반적으로는 저런 반응을 보일 만 한 구성이긴 할 테지.

마법을 쓸 줄 모르는 나바르 씨 일행은 영문을 몰라서 당혹스러워했다.

"뭐야! 대체 뭔 일이길래!"

나바르 씨가 재촉하자 마법사가 보고했다.

"재, 재해급으로 추정되는 반응이 확인됐습니다!"

""""뭐, 뭐시라고라?!""""

엘스 상인들은 저마다 기겁했다.

그건 그렇고 대규모 인원으로 이동할 때마다 당연한 것처럼 출몰하는 마물들은 이번에도 재해급을 대동하고 등장했다.

"이건…… 곰인가?"

"그런 것 같아! 초대형 곰이야!"

토니와 앨리스가 태연하게 마물의 정체를 확인했다.

하지만 상인들은 아니었다.

"고고고곰?! 초대형 고옴?!"

"하하…… 내 인생도 여기서 끝이구만."

"이렇게 될 줄 알았으면 알스하이드에 들르지 않고 곧장 귀국하는걸 그랬데이……."

엘스 사람들은 호위를 제외하면 전부 상인들이다 보니 곰, 그것도 재해급이라면 충분히 절망할 만한 사태였다.

욕심에 눈이 멀어서 알스하이드로 동행한 것을 후회하는 것이 눈에 보일 정도였다.

하지만 그들은 잊고 있었다.

파티장에서 오그가 했던 말을.

"왜 그렇게 침울해하는 거지?"

오그는 깊은 절망에 사로잡힌 사절단을 향해 그렇게 말했다.

"왜라뇨! 재해급이라지 않습니까! 일군을 동원해야 대응할 수 있는 마물이 튀어나왔는데 어째서 그렇게 차분하게…… 아……."

아무래도 나바르 씨도 도중에 생각이 난 모양이었다.

"그때도 말했을 텐데? 우리는 모두 단독으로 재해급 마물을 토벌할 수 있는 멤버들뿐이라고."

"그, 그게 참말이시라면⋯⋯."

"뭐, 거기서 지켜보기나 해. 호위들도 일단 주변을 경계하도록."

오그는 그렇게 말한 후 앞으로 나섰다.

"자, 이번에는 어떻게 할까?"

오그의 말은 이번에는 누가 재해급 마물을 상대하겠느냐는 뜻이었다.

"이번에는 아버지도 없으니까 난 됐어."

앨리스는 자신의 성장한 모습을 보여주고 싶은 사람이 없다며 사퇴했다.

"그럼 내가 할래."

"이번에는 나한테 양보해줬으면 좋겠는데."

"웬일이야? 토니."

린은 그렇다 쳐도 이번에는 토니가 의욕적으로 나섰다.

"늘 마법으로 우악스럽게 토벌했잖아? 하지만 재해급 마물쯤 되면 소재도 좋을 테니 깔끔한 상태로 잡을 수 있을지 한 번 시험해보고 싶거든."

"하긴."

지금까지 마주친 재해급은 빠른 사람이 임자라는 식으로

아무튼 다들 전력으로 마법을 퍼부어서 잡다 보니 원형조차 남지 않아서 지금까지 재해급 마물의 소재를 입수해본 적은 없었다.

호랑이 모피 같은 건 비싸게 팔릴 것 같은데 듣고 보니 아까운 짓을 한 것 같았다.

참고로 전에 기사학원과의 합동 훈련에서 사냥한 호랑이 마물은 군에서 사갔다.

분명 내 계좌로 입금했다고 들었지만, 요즘 잔액이 심상치 않은 기세로 늘어나고 있다 보니 구체적으로 얼마인지는 확인하지 못했다.

"아! 그런 거라면 나도 하고 싶어!"

방금 사퇴했던 앨리스가 재해급 소재가 비싸게 팔릴지도 모른다는 말에 덤벼들었다.

"그런 거라면 저도 하고 싶습다."

"저도요. 가게에 새 가마를 들여놓을 수 있을지도 모르니까요."

"우리 호텔 변기를 전부 그 변기로 교체할 돈으로 쓸 수 있겠네~."

토니는 공방의 후계자가 희귀 소재를 다뤄보고 싶은 모양이었고, 올리비아는 돈 쪽에 더 매력을 느끼는 것 같았고 유리도 마찬가지였다. 두 소녀는 집안의 설비 투자에 쓰고 싶나 보다.

효녀네.

"소재는 됐으니까 곰을 사냥해보고 싶어."

그리고 역시 린은 여전했다.

"안 돼, 린. 그걸 잘 채취하는 연습을 할 기회니까."

각 멤버들의 동기는 알았지만, 유감스럽게도 이번에 나타난 재해급 마물은 한 마리뿐이었다.

누가 맡을지 정할 수가 없었다.

그렇다면…….

"이게 나설 차례겠네."

난 이공간에서 제비뽑기 상자를 꺼냈다.

"대체 왜 늘 그걸 준비하고 계시는 겁니까?"

토르의 의문에는 대답해줄 수 없었다. 사실 나도 기억이 나지 않았기 때문이다.

"그럼 당첨을 뽑은 사람이 재해급을 맡는 걸로 하자."

공평하게 진행된 제비뽑기의 결과…….

"오! 나왔네."

"아앙~! 또 꽝이야!"

이번에 당첨을 뽑은 건 토니였고 앨리스는 또 빗나갔다.

"칫…… 토니는 운이 좋아."

"혀 차지 마, 린."

자, 이걸로 싸울 사람이 정해졌으니 준비하자.

하지만 마침 의문이 생긴 게 있어서 마리아에게 물어보았다.

"그러고 보니 곰 모피는 어디에 써?"

"주로 가죽 갑옷 재료야. 지금까지는 재해급 곰을 잡았다 해도 가죽이 멀쩡할 리 없었으니까 깔끔한 상태로 갈무리하면 비싸게 팔릴걸."

"흐음."

그런 대화를 나누는 사이에도 마물 무리는 점점 가까이 다가오고 있었다.

그 광경을 대수롭지 않게 보고 있자 마침 뒤에서 호위대의 대화가 들렸다.

"저, 저기, 재해급 마물이 오고 있는데 저분들은 어째서 저렇게 여유로우신 겁니까?"

"아, 넌 리텐하임 리조트에 갔을 때는 없었던가?"

"저분들께 맡기면 문제없어. 솔직히 저렇게 여유로우신 것도 금방 납득이 갈 거다."

"아니, 그보다 재해급을 상대로 싸우라는 건 보통은 죽으라는 소리잖아? ……그걸 가지고 당첨이라고 말씀하시는 분들이니……."

그러고 보니 호위 중에는 율리우스네 집에 같이 간 사람들도 있었다.

그때 우리가 싸우는 모습을 봐서 그런지 꽤 여유가 있었다.

하지만 다른 사람들은 엘스 사절단처럼 안절부절 못하는 기색이었다.

그렇게 호위대의 대화에 귀를 기울이고 있는데 마침 일행에게 주의를 해야 할 사항이 떠올랐다.

"아, 맞아. 이번에는 소재 채취가 목적이니까 재해급 외의 마물을 해치울 때도 폭발계 마법은 금지야."

"문제없어."

"오히려 폭발계 마법을 가장 많이 쓰는 건 신 군인데!"

린은 평범하게 대답했지만, 앨리스! 쓸데없는 소릴하다니!

"……좋아. 그럼 전투 준비!"

"무시하기는……."

마리아가 태클을 걸었지만, 사실 그런 의도는 아니었다. 마물들이 바로 지척까지 다가왔기 때문이었다.

"그럼…… 가자!"

내 신호와 동시에 얼티밋 매지션즈의 멤버들은 일제히 마법을 날렸다.

마법은 주로 바람과 물 속성의 커터 계열로 구성되었다.

마법의 칼날들이 마물의 목덜미를 노리고 잇따라 날아갔다.

"아! 몸을 두 동강내버렸어!"

"후후, 난 순조…… 아."

"린 양, 채 써는 건 좀 아니지~."

"실패했어."

벌써 앨리스가 물 마법에 소량의 모래를 섞은 워터 커터로 마물을 두 동강내서 소재를 망치거나 어째선지 바람의

칼날을 남발해서 마물을 채 썰어버린 린에게 유리가 태클을 걸기도 했다.

그건 그렇고 이 광경을 어디선가 본 기억이 있는데…….

"이거 그거네. 카난에서 양을 토벌할 때가 생각나."

"아, 그거다!"

마리아의 말 덕분에 기억 났다.

카난에서 양 마물을 대량으로 토벌했을 때와 상황이 비슷했다.

"확실히 상황만 놓고 보면 비슷하지만, 이번에는 전보다 조건이 어렵다고? 아무튼…… 음."

마법을 날리면서 대화에 끼어든 오그가 갑자기 눈살을 찌푸렸다.

"눈대중에 실패했군. 저래선 소재의 가치가 떨어지겠어. 전에는 아무튼 양털을 태우지 말라는 지시밖에 하지 않았으니 두 동강을 내버려도 문제없었지만, 이번에는 그럴 수도 없으니까."

그랬다. 카난의 국가 양양가인 가란 씨는 양『털』은 최종적으로는 실이 되니까 약간 흠이 생겨도 괜찮다고 말했었다.

하지만 이번 목표는『모피』같은 소재다.

모피는 한 마리를 통째로 깔끔하게 벗겨내는 게 가장 가치가 크다.

거기서 상처가 늘어날수록 판매가가 떨어지는 식이다.

그러니 가장 좋은 방법은 헤드샷 한 방으로 잡는 것이리라.

내가 해치운 마물은 거의 이런 식이라 소재를 손실 없이 그대로 입수할 수 있었다.

확실히 어렵기는 하지만, 이거 꽤 괜찮은걸?

마법의 정밀도 연습에 안성맞춤이었다.

요즘 우리 멤버들은 제어 가능한 마력량이 전보다 격이 다르게 늘어난 데다, 내가 마법을 이미지하는 방법을 가르쳐 준 덕분인지 매사에 화력으로 밀어붙이는 경향이 많아졌다.

그러다 보니 이런 정밀한 마법 구사는 잘 못한다……기보다 경험이 거의 없었다.

어디 한번 정기적인 마법 훈련에 도입해볼까? 구 제국…… 아니, 이번 회담을 기점으로 앞으로는 『마인령(魔人領)』이라고 부르게 됐지만, 그곳에서 마물이 대량으로 발생하는 것이 요즘 상당한 문제가 되고 있다고 하니 그것도 겸사겸사 처리하는 김에 한 번 오그와 상담해봐야겠다.

"그건 그렇고 신 군은 굉장하네요."

"그러게요. 어떻게 해야 이 정도로 정밀하게 연사할 수 있는 겁니까?"

시실리와 토르가 내가 해치운 마물의 상태를 보고 놀라워했다.

하지만 내 입장에선 딱히 놀랄 만한 일도 아니었다.

"내가 마법을 써야했던 상대는 주로 사냥감들이었으니 대충 막 터트려버릴 수도 없는 노릇이잖아? 이런 식으로 미간에 원샷으로 처리하거나 목을 노리는 게 보통이었어."

지금은 습격해온 마물의 토벌이라 보통은 상태를 가릴 것 없이 죽이는 걸 우선해야했다.

하지만 내가 숲속에서 한 건 식재료를 얻기 위한 사냥이었다.

가치고 뭐고 따지기보다 먹을 수 있는 부분을 남기는 게 최우선이었다.

"옳거니. 상태가 엉망이 되면 먹을 수 있는 부분이 남지 않겠구려."

"절실한 이유네요."

율리우스와 마크는 금세 납득했다.

"하지만 의외네요. 월포드 씨는 굉장한 위력의 마법을 펑펑 써대는 이미지가 있으니까요."

"잠깐, 올리비아. 그건 좀 너무하지 않아?"

"그치만~ 정밀하다는 의미에서의 월포드 군은 사실 굉장해~. 마도구를 제작할 때는 정밀한 마력 조작이 필요한걸."

올리비아에게 심한 소리를 들었지만, 부여 마법이 특기인 유리는 어째 다른 방향으로 납득한 모양이었다.

참고로 이건 마물을 마법으로 토벌하는 와중에 한 대화였다.

담소를 나누며 마물을 토벌할 수 있는 시점에서 이미 올리비아도 평범한 식당 종업원이라 볼 수 없겠지.

"꽤 많이 줄었네. 그럼 슬슬 메인을 해치우러 다녀올게."

재해급 주위의 마물이 많이 줄어든 것을 본 토니가 이공간에서 바이브레이션 소드를 꺼내 들고 말했다.

"그래, 잘 하고 와."

"후훗. 그럼…… 다녀올게!"

제트 부츠를 기동해서 도약한 토니는 아직 남아있는 마물의 머리 위를 뛰어 넘더니 신장이 약 5미터쯤 될 법한 곰의 정면에 착지했다.

나는 만에 하나의 상황을 대비해서 언제든지 도울 수 있도록 그쪽에 신경을 기울이면서 마물을 토벌하기로 했다.

"어……어째서 한 사람만 보내는 겁니까?!"

"잠깐만요! 아우구스트 전하! 대체 무슨 생각이에요?!"

"응? 플레이드라면 혼자서도 괜찮을 거다. 뭐, 보기나 해."

뒤에서 엘스 사절단이 토니 혼자서 재해급 마물을 상대하게 보낸 것을 비난했다.

하지만 저 정도의 마물을 상대로 끼어든다면 오히려 불평을 들을 것 같은데 말이지.

한편, 토니 쪽은 벌써 전투를 개시했다.

재해급 마물 곰이 두꺼운 오른팔을 들어서 내리쳤지만, 토니는 제트 부츠를 기동해서 그 공격을 피했다. 다루는 게 꽤 능숙해진 것 같다.

그리고 토니는 이어서 왼팔의 공격도 피하는 동시에 곰의 머리 위로 도약했다.

방금 두 번의 공격으로 지면에 크레이터가 생겼지만, 토니는 전혀 당황하는 기색을 보이지 않았다.

곰의 얼굴 정면에서 약간 벗어난 쪽으로 날아간 토니는 그대로 바이브레이션 소드를 휘둘렀다. 그리고 곰의 어깨를 차고 다시 제트 부츠를 기동해서 그 자리를 이탈했다.

어깨를 차인 곰은 그대로 천천히 앞으로 쓰러졌다.

머리만 그 자리에 남기고.

목이 달아난 신장 5미터의 곰이 쓰러지자 땅이 크게 울렸다.

곰의 몸에 상처 하나 남기지 않고 토벌한 토니는 만족스러운 얼굴로 제트 부츠를 기동하면서 이쪽으로 돌아왔다.

"수고했어. 깔끔하게 해치웠네."

"응, 괜찮은 편이려나? 이것보다 깔끔하게 잡으려면 신처럼 미간에 정밀 사격을 날리는 방법밖에 없을 테니까."

이렇게 커다란 마물 곰을 상대로 그건 제법 어려울 것 같지만, 뭐 이 정도면 충분히 깔끔하게 잡은 편이겠지.

토니와 그런 대화를 나누고 있자 엘스뿐만 아니라 알스하이드의 호위대 쪽에서도 환호성이 터졌다.

"우오오! 진짜 굉장하데이!"

"재해급을 저렇게 쉽게……."

"이건…… 여러분께서 여유 있는 태도를 보이실만 했군요."

"잠깐만요. ······이건 지나치게 굉장한 거 아닙니까?"

사절단과 호위들이 놀라워했지만, 토니라면 이 정도는 당연하다.

자, 그럼 메인인 재해급은 해치웠고 더 시간을 끌어봤자 귀국이 늦어질 뿐일 테니 정밀 사격 연습은 다음 기회에 하기로 하고 슬슬 끝을 내볼까?

"얘들아. 나머지는 단숨에 섬멸해버려도 될까?"

"에엑~? 소재를 모으려던 거 아니었어?"

"한 방에 날려버리는 거라면 내가 하고 싶어."

내 제안에 앨리스가 깜짝 놀랐고 린은 오히려 자신이 하고 싶다고 대답했다.

"그런 건 아니야. 소재가 목적인 건 변함없어."

그렇다. 섬멸이긴 해도 날려버릴 생각은 없었다. 소재는 확실히 챙길 거다.

옛날에 숲에서 사냥할 때 경계심이 강한 사냥감들을 동시에 잡을 때 자주 쓰던 방법을 써볼 생각이었으니까.

먼저 『유도』를 의식하면서 『마커』라는 마법을 발동하고 그걸 마물의 미간에 슬쩍 『록온』.

모든 마물에 마커를 단 후에는 그 마커를 향해 유도되는 작은 물의 탄환을 대량으로 발동.

"하앗! 가라!"

그리고 마지막으로 일제히 사출했다.

대량으로 날아간 물의 탄환이 마물 무리를 참혹하게 유린……하지는 않고, 때때로 부자연스러운 궤도를 그리며 마커가 달린 마물의 미간에 하나도 빠짐없이 전부 명중했다.

　남은 마물은…… 응, 없군. 섬멸 완료다. 그리고 뒤를 돌아보자 팀을 포함한 모두가 아연실색한 표정으로 나를 바라보고 있었다.

　"뭐야? ……방금 그건."

　"몇 개는 부자연스러운 궤도로 명중했죠?"

　"또 영문을 알 수 없는 마법을……."

　마리아와 토르는 난감한, 오그는 기가 막힌 표정으로 말했다.

　"하아…… 신 군 굉장해요오."

　시실리만 왠지 약간 황홀한 표정이었다.

　"숲에서 사냥하던 시절에 사냥감의 경계심이 강하고 수가 많을 때 확실히 잡으려고 썼던 마법이야. 마물을 토벌할 때는 거의 쓰지 않았지만."

　그때는 마물의 소재가 파는 건 줄 몰랐으니 말이다.

　마물을 토벌할 때마다 전력을 다해서 토벌했었다.

　할아버지도 딱히 가르쳐준 적 없었고.

　"그렇다 쳐도 너무 굉장하잖아. 사절단뿐만 아니라 우리도 놀랐어."

　오그의 말을 듣고 사절단 쪽을 돌아보자 알스하이드의 호위대는 놀라긴 했어도 우리의 전과를 알고 있어선지 경악까지는 하지 않았다.

하지만 엘스 사절단 쪽은 완전히 넋이 나간 상태였다.

뭐, 마침 우리의 전력을 알려줄 기회였다고 생각하면 되려나?

앞으로 마인령에 침공하려면 서로의 전력을 어느 정도 확인해둘 필요가 있을 테니 말이다.

오그의 말에 따르면 엘스의 전력은 알스하이드군의 전력과 크게 다르지 않다고 한다. 아니, 각국 공동 규모로서의 전력에 그다지 큰 차이는 없다고.

자, 아무튼 방금 전투로 이쪽의 전력은 보여준 셈인데……엘스의 나바르 씨는 재해급 마물을 해치우는 것을 보고 환호성을 터트렸을 때와 달리 지금은 경계심을 한껏 드러낸 얼굴이었다.

그리고 오그에게 말을 걸었다.

"……진심으로…… 진심으로 마왕 씨를…… 얼티밋 매지션즈를 알스하이드의 고유전력으로 삼지 않으시겠다는 겁니까?"

"왜? 믿을 수가 없나?"

"……믿을 수 없다기보다…… 이만한 전투력을 보유했다면 세계 정복도 그리 어려운 일은 아닐 것 같군요. ……이건 그 정도 수준의 전투력 아닙니까."

마인 토벌을 최우선 목표로 단련시킨 거였는데 설마 그

힘에 경계심을 보일 줄은 몰랐다.

"흠, 그럼 어디 물어볼까? 신! 너, 세계를 정복하려는 생각을 해본 적 있어?"

"잠깐만요! 아우구스트 전하! 그렇게 대놓고……."

오그의 직설적인 질문에 나바르 씨가 허둥지둥 댔지만, 답은 이미 정해져있었다.

"싫어. 귀찮아."

"귀, 귀찮다니……."

"아니, 그보다 세계를 정복해서 어쩔 건데요?"

"어쩔 거라니…… 절대 권력을 손에 넣을 수 있지 않습니까. 그리고 마음대로 나라를 세운다든가…… 상상할 수 있는 건 뭐든지 가능할 것 같습니다만."

"그게 귀찮다는 거라고요. 나라를 세운다고 쳐도 아무것도 없는 상황에서 처음부터 쌓아올려야 하는 거잖아요? 그게 얼마나 귀찮은 일일지는 상인이라면 충분히 알 것 같은데요."

"그야 그렇습니다만……."

정말로 귀찮다는 게 가장 큰 이유였다.

그밖에도 무력으로 세계를 정복한다는 건 바꿔 말하면, 다른 나라를 힘으로 굴복시켜서 억지로 산하에 넣는다는 뜻이다.

하지만 그런 식의 강제적인 통치로는 반드시 반대 세력이 나오기 마련이니 레지스탕스도 결성되지 않을까. 그리고 언젠가는 틀림없이 무력 봉기를 일으키리라.

나는 이 세계에서 처음으로 마왕이라 불리게 된 인간이다.

지금은 『마법사의 왕』이라는 의미로 쓰고 있지만, 정말로 내가 세계를 정복한다면 마왕의 이름은 악의 대명사가 될 것이다. 내가 전생에서 알고 있던 뜻처럼.

그런 사태는 절대로 사양하고 싶고, 그렇게 될 게 뻔한데 세계 정복을 시도할 리가 있겠는가?

"그리고 1년 전까지만 해도 전 숲 속에서 할아버지와 가끔 오는 할머니나 지인들과 살고 있었는걸요. 그런 거에는 관심 없어요."

얼마 전까지만 해도 내 세계는 숲 속에서 전부 완결되어 있었다. 그리고 원래 소시민이어서 그런지 남의 위에 선다는 건 상상도 할 수 없었고.

"지금까지 저에겐 할아버지를 비롯한 가족들뿐이었지만…… 지금은 많은 친구와 지인도 생겼고. 그리고…… 연인도 생겼는걸요. 전 그런 저와 가까운 사람들이 소중해요."

나는 그렇게 말한 후 시실리를, 팀의 모두를 돌아보았다.

시실리는 기쁜 얼굴이었고, 다른 팀원들은 쑥스러워했다.

"소중한 사람들……입니까."

"예, 저는 그 소중한 사람들을 지키기 위해서 힘을 쓰고 싶어요. 그리고…… 장래에 태어날 우리 아이를 위해 평화로운 세계를 만들어주고 싶어요."

"신 군……."

우리 아이라는 말에 감격했는지 시실리가 내 팔을 꼭 끌어안았다.

"그러니 세계 정복 같은 귀찮은 데다 혼란만 일으킬 짓은 안 할 거고, 하고 싶지도 않네요."

"……그렇군요. 젊은이다운 풋내 나는 발언이지만…… 그런 이유라면 세계 정복에 관심이 없는 것도 납득은 갑니다."

풋내라니…… 하긴 장래에 태어날 아이들을 위해 세계 평화를 이루고 싶다는 말은 약간 그렇게 들릴지도 모르겠다.

실제로 내가 슈투름을 타도해서 세계에 평화를 가져다주고 싶은 가장 큰 이유는 가까운 사람들의 안전을 위해서다.

그래서 결과적으로 아이들의 대까지 평화로워질 수 있다면 좋겠다는 생각에서 한 말이었지만, 뭐. 아무튼 납득해준 것 같고 이상한 오해를 받는 것보다는 나으리라.

"아니, 그보다…… 솔직히 제 힘이 이렇게 경계를 받을 줄은 상상도 못했던 게 사실이에요."

"그런가요?"

"마법사는 다들 우리 할아버지 같은 줄 알았거든요."

내가 그렇게 말하자 나바르 씨와 오그가 동시에 기가 막힌 표정을 지었다.

"……하아, 마왕 씨가 이런 규격 외로 성장한 이유를 조금

이나마 알 것 같군요."

"이건 나도 처음 들었군. 설마 마법사의 수준을 멀린 님을 기준으로 생각하고 있었다니……."

"할아버지는 노인이니까 더 강한 사람도 있을 줄 알았어."

"……터무니없는 착각이네."

"그래서 현자님을 뛰어넘은 후에도 단련을 멈추지 않았던 거구려."

숲의 집에서는 할아버지를 존경하는 디스 아저씨를 비롯한 다양한 사람들이 찾아왔으니 굉장한 마법사라는 인식은 있었지만, 구체적으로 얼마나 굉장한지는 왕도에 올 때까지 몰랐다.

설마 세계적인 영웅이었을 줄이야.

"그래서 이젠 일반적인 마법사의 수준이 어느 정도인지는 알았으니 저의…… 우리의 힘이 얼마나 굉장한지는 이해하고 있어요. 지나친 힘은 화를 부를지도 모르지만…… 잘 쓰면 세계 평화에 이바지 할 수 있을 거라고 생각해요. 그것도 포함해서 여러분과 힘을 합치고 싶네요."

이걸로 납득했으려나?

"……그럼 각국이 합심해서 얼티밋 매지션즈를 평화 유지 조직으로 세우면 되겠군요."

"이해해주셨나요?"

"예, 의심해서 죄송했습니다. 그건 그렇고 아우구스트 전하도 그렇고 마왕 씨도 그렇고 아직 젊은데 사고방식이 참 훌륭하시군요."

"그런가요?"

내 경우는 전생에서 20대까지 사회인으로 산 기억이 있으니까 말이다. 갓난아기 때부터 인생을 다시 시작했으니 단순히 그만큼 나이를 더할 수는 없겠지만, 확실히 15살의 소년답게 보이지는 않았겠지.

오그도 왕족이라서 그런지 또래보다 어른스러워 보일 때가 많다. 기본적으로는 장난치는 걸 좋아하는 능구렁이 왕자지만.

"그럼 앞으로의 각료 회의에서는 이 안건도 포함해서 협의해야겠군요. 가장 우선해야 할 건 마인 대책이겠지만요."

"아무래도 알스하이드인으로만 구성된 집단이니 말이지. 우리나라에서도 얼티밋 매지션즈의 운용에 관한 요지는 어느 정도 세워뒀다. 일단 각국의 승인을 받아야 할 내용이라고 본다만, 앞으로는 전 세계의 국가들이 관여하게 될 테니 그쪽도 차차 협의해봐야겠지."

"그렇겠군요. 처리해야 할 안건들이 산더미처럼 많겠지만, 고생할 보람이 있을 것 같습니다."

나바르 씨가 의욕을 보였지만, 우리 능구렁이 왕자는 갑자기 딴죽을 걸었다.

"훗, 처음에는 엘스의 요구를 강권하려고 했으면서 말이지?"

"잠깐만요! 그건 흑역사로 봉인하려고 했건만! 왜 난데없이 그 이야기를 꺼내시는 겁니까!"

"아, 그건 실례했군."

"뭐예요, 나바르 씨. 그런 소릴 하셨어요?"

"눈앞에 이익에 눈이 먼 건가요? 외교관으로 일하느라 상인의 감이 둔해진 거 아닙니까?"

"시끄럽데이!"

다른 상인들에게 놀림 받는 나바르 씨를 보고 다른 사절단 멤버들도 웃음을 터트렸다.

결국 우리는 이런 식으로 떠들썩하면서도 화기애애한 분위기로 길을 나아갔다.

그 후로도 가끔 출몰하는 마물들은 중형까지라면 호위대에 맡기면서 마침내 알스하이드에 도착했다.

"오오, 알스하이드도 참 오랜만이군요."

"나바르 씨는 오신 적이 있었나 보죠?"

알스하이드에 도착하자마자 그런 말을 꺼내길래 일단 물어보았다.

"그야 지금은 외교관이지만 원래는 세계를 떠돌아다니는 상인이었으니까요. 알스하이드와 이스. 얼마 전까지 체류했던 스이드를 비롯한 각국을 돌아다니곤 했습니다."

"흐음, 그러셨군요."

어쩌면 그 경험을 높이 사서 외교관으로 발탁된 걸지도 모르겠다.

여러 나라에 가본 상인들은 굉장히 많겠지만, 그중에서도 외교관으로 임명될 정도니 혹시 나바르 씨는 꽤 실력 있는 상인이었을지도?

"그런 것보다 마왕 씨! 얼른 상회로 갑시다! 벌써 개점했을지도 모른다고요!"

아니, 오너인 내가 외국에 가 있는데 오픈했을 리가 없잖아.

수완가일지도 모른다는 생각은 했지만, 행동력이 넘치는 것도 정도가 있지!

"저기…… 제가 귀국해도 바로 오픈할 리는 없을 테니…… 일단 숙소를 잡으시는 편이 낫지 않을까요? 통신기 구입 허가도 받아야 할 테고요. 오픈 일정이 정해지면 연락드릴게요."

"하긴 그렇겠군요. 그럼 먼저 숙소를 잡아보죠."

지금 당장에라도 상회에 돌격하려는 듯한 나바르 씨를 간신히 달랜 후 일단 알스하이드에 숙소를 잡고 기다려달라고 부탁했다.

그런데 사실 난 어디가 좋을지 전혀 아는 바가 없었다.

아, 그러고 보니 우리 멤버 중에 호텔 경영자의 딸이 있었지.

"유리. 너희 집 호텔에 엘스 사람들을 묵게 할 수는 없을까?"

"엘스의 높으신 분들 일행이라면 대환영이지~. 그리고 월포드 군의 상회에서 발매되는 그거…… 우리도 사서 전부 그걸로 교체할 예정이니까~ 나한테도 오픈 일정을 가르쳐 주면 고맙겠어~."

그러고 보니 전에 비데가 달린 변기가 출시되면 호텔 변기를 전부 그걸로 교체하겠다고 한 적이 있었다.

"그거? 통신기 말고도 파는 상품이 있는 겁니까?"

"우후후, 그건 오픈할 때까지 비·밀이랍니다."

유리가 상체를 앞으로 기울인 자세로 입술에 검지를 대고 윙크했다.

유리는 저런 포즈가 참 잘 어울린단 말이지. 소악마스럽다고 해야 할지, 섹시하다고 해야 할지…….

엘스의 아저씨들이 고작 열다섯 살의 어린 여자애를 상대로 얼굴 빨개진 것 좀 봐.

그 후에 엘스 사절단을 호텔로 유도하는 유리를 눈으로 배웅한 후 우리도 해산했다.

"신 님! 작은 마님! 어서 오십시오!"

"알렉스 씨, 오랜만. 다녀왔어."

"다녀왔습니다."

"전하와 일행분들도 어서 오십시오. 회담하느라 정말 고생하셨습니다."

"그래, 실례하마."

"알렉스 씨, 오랜만이에요. 그건 그렇고…… 다녀왔습니다라……."

오그와 마리아도 알렉스 씨에게 인사했지만, 마리아는 시실리의 대사에 뭔가 걸리는 게 있는 모양이었다.

"어? 왜? 마리아, 내가 이상한 말이라도 했어?"

나도 이상하다는 느낌은 없었는데 대체 뭘까?

나와 시실리가 의아한 얼굴을 했지만, 토르와 율리우스는 그 말에 반응했다.

"너무나도 자연스러웠소이다."

"어느새 완전히 월포드 가문의 일원이 되셨네요, 클로드 양. 아니, 월포드 부인이라고 부르는 편이 위화감이 없을지도 모르겠습니다."

"워, 월포드 부인?!"

그런 거였나.

'실례하겠습니다.'가 아니라 '다녀왔습니다.'

집의 문지기인 알렉스 씨가 이미 시실리를 우리 집의 일원으로 인식하고 그 인사말을 자연스럽게 받아들이는 것을 보고 이미 우리 가족이 된 것 같은 착각이 든 것이다.

아직 식을 올리지 않았으니 정식으로 가족이 된 건 아니지만 말이지.

계속 우리 집에서 지내고 있다 보니 마리카 씨를 비롯한 메이드들의 신뢰도 두터웠다.

이미 월포드 부인이라 불려도 이상하지 않을 행동거지였다.

뭐, 장래에는 그렇게 되겠지만 예상치도 못한 상황에서 처음으로 그런 말을 들었기 때문인지 시실리는 머리 위로 수증기가 피어오를 정도로 새빨개졌다.

나는 그런 그녀를 흐뭇하게 바라보면서 알렉스 씨에게 스이드에 가 있는 동안 집의 근황을 물어보았다.

"내가 자리를 비우는 동안 무슨 일은 없었어?"

"예, 딱히는. 아…… 다만, 멜리다 님께서 신 님이 돌아오면 꼭 전해야 할 말씀이 있다고 하셨습니다."

할머니가?

"꼭 전해야 할 말? 그게 뭔데?"

"글쎄요. ……저도 거기까지는 잘."

"알았어. 할머니한테 물어볼게. 근무 서느라 고생했어."

"예! 감사입니다!"

알렉스 씨의 노고를 위로한 후 집에 들어가자 이번에는 메이드와 집사들이 우리를 맞이했다.

나는 집사장 스티브 씨에게 할머니가 어디에 있는지 물어보았다.

"스티브 씨, 할머니 있어?"

"멜리다 님이시라면 지금은…… 클로드 저택에 있는 온천에 가셨을 겁니다."

스티브 씨는 가슴 주머니에서 스케줄이 적힌 수업을 꺼내 예정을 확인했다.

나와 할아버지와 할머니의 스케줄 관리도 집사의 업무라는 모양이다.

"아, 온천에 간 건가."

"마음에 드신 것 같아서 기쁘네요."

시실리가 클로드 저택의 온천 이용 허가를 내준 후부터는 거의 매일처럼 다니고 있었다.

"아무래도 매일 다니는 건 좀 폐가 되지 않을까?"

약혼자의 친가라고는 해도 엄연히 남의 집인데 말이지.

하지만 시실리는 방긋 웃으며 대답했다.

"그럴 리가요. 아버지께서 그쪽에 안 계실 때는 저택 관리 정도밖에 할 일이 없는 데다 무엇보다 상대가 할아버님과 할머님…… 현자님과 도사님이시니 왕도의 저택에서 클로드 령의 저택으로 가고 싶다는 고용인들도 드문드문 있을 정도인걸요."

그런가? 곰곰이 생각해보니 확실히 그럴지도 모르겠다. 매일 방문하는 게 모두가 존경하는 세계의 영웅들이니 말이다.

그런 사람들의 시중을 들 수 있는 건 고용인으로선 굉장한 영광일지도.

……난 전혀 이해가 안 가지만 말이지.

"그런가. 그래도 매일 신세를 지고 있으니 이 말은 해둘게. 고마워."

"아뇨, 별말씀을."

시실리와 그런 대화를 나누고 있는데 마침 현관에 게이트가 열리더니 할아버지와 할머니가 거기서 나왔다.

"어라, 온 거니? 어서 오렴."

"허허, 어서 오거라. 무사히 끝난 모양이구나."

"응, 다녀왔어. 그런데 알렉스 씨가 그러던데 할머니가 나한테 뭔가 하고 싶은 말이 있다며?"

나는 바로 용건을 물어보았다.

대체 뭘까? 요즘은 딱히 혼이 날 만한 짓은 하지 않았을 텐데.

"아, 너희가 걸고 있는 그 목걸이형 마도구에 관해 할 말이 있단다."

"이거?"

할머니가 권하는 대로 우리는 거실 소파에 앉았다.

자리가 모자라서 앉지 못한 사람도 있었지만, 그건 어쩔 수 없지.

모두가 모이자 할머니가 나에게 질문을 던졌다.

"먼저 확인하겠다만, 여기에 부여된 건 『이물(異物) 배제』였지?"

"맞아."

"그 『이물』의 정의는?"

"몸에 불필요하거나 해가 되는 것."

"음식은?"

"영양은 몸에 필요하니까 흡수돼."

"음~ 역시 그랬나."

"역시라는 게 무슨 뜻이야?"

할머니는 납득하는 동시에 곤란한 표정을 지었다. 어째서?

"아니, 이 목걸이를 건 후부터 이상하게 변의 양이 많아져서 말이지. 다른 사람들한테도 물어봐도 똑같은 감상이라 필요 이상의 영양은 섭취하지 않는 게 아닐까 하고 예상해 봤단다."

"예?! 그렇다는 건 아무리 많이 먹어도 살이 안 찐다는 뜻인가요?!"

마리아가 격렬한 반응을 보였다.

확실히 필요 이상의 영양은 몸에 불필요한 이물이다.

먹어도 흡수되지 않고 변으로 배출된 거겠지.

솔직히 이것도 예상 밖의 효과였지만, 할머니가 그렇게 말한다면 틀림없으리라.

그건 그렇고 아무리 먹어도 살이 안 찐다니…… 내가 만든 거지만, 정말 꿈의 마도구였다.

"확실히 그 말대로다만, 그렇게 되면…… 문제가 좀 있겠더구나."

"문제?"

그런 꿈의 마도구 앞에서 할머니는 진지한 표정으로 말했다.

어째서?

"태아는?"

"어⋯⋯?"

"몸에서 이물이 배제된다는 건⋯⋯ 어쩌면 임신한 후에 이 목걸이를 걸면 태아를 이물로 인식해서 유산되지는 않을까?"

"그, 그건⋯⋯."

확실히 그럴 가능성도⋯⋯ 아니, 분명 입덧의 원인은 태반이 미숙한 탓에 몸이 태아를 이물로 인식해버리는 알레르기 반응이라고 들은 적이 있긴 하지만⋯⋯.

듣고 보니 완전히 태아를 이물로 인식해버리는 거잖아!

"지금은 비상시라 느긋하게 아이를 가질 만한 상황이 아니니 딱히 문제될 건 없겠지. 하지만 이 마인 소동이 수습된 후에는 역시 너도 아이를 갖고 싶겠지?"

"그야 물론이지."

"시, 신 군⋯⋯."

아, 나도 모르게 시실리 앞에서 아이를 원한다는 선언을 해버렸네.

시실리가 옆에서 머뭇거렸다.

"지금은 이대로도 상관없겠지. 하지만 나중에는 부여를 바꿔야 할 필요가 있다는 걸 기억해두렴."

"응⋯⋯ 알았어. 고마워, 할머니."

할머니가 지적해주지 않았다면 장래에 최악의 사태가 벌

어졌을지도 몰랐다.

그렇게 되면 시실리는 틀림없이 마음의 상처를 입었으리라.

그 전에 알아채서 다행이다. 이 소동이 끝난 후에는 시실리의 목걸이에 건 마법을 건강 유지 같은 걸로 바꿔야겠다.

멤버들의 부여도 그쪽이 더 나으려나? 병은 꼭 전염병만 있는 게 아니니까 말이다.

"우리도 증손주의 얼굴이 보고 싶고 손자며느리가 슬퍼하는 모습 같은 건 보고 싶지 않으니 말이다."

"할머님……."

평소에는 엄격하고 무서운 할머니지만 속으로는 언제나 우리를 무척 걱정하고 있다.

그런 할머니의 다정함을 느낀 시실리는 감격해서 눈물을 글썽였다.

"감사합니다, 할머님! 저, 힘내서 건강한 아기를 낳을게요!"

…….

………….

……………….

이런, 갑자기 얼굴이 뜨거워지기 시작했다.

설마 시실리의 입으로 벌써 이런 선언을 듣게 될 줄은 상상도 못 했다.

"그렇게 말해주니 기쁘다만…… 괜찮겠니?"

"예?"

"다들 듣고 있는데?"

"예? 아!"

황급히 주위를 둘러본 시실리가 능글맞게 웃는 오그와 마리아를 비롯한 멤버들의 모습을 발견한 순간.

"아, 아아아앗!"

부끄러워하며 내 몸에 얼굴을 파묻었다.

"홋, 이건 책임이 중대하군."

"그러게요. 시실리가 건강한 아기를 낳을 수 있게 무슨 일이 있어도 꼭 마인을 토벌해야겠어요."

오그와 마리아도 장난스럽게 맞장구를 쳤다.

하지만 정말 그 말대로였다.

시실리가…… 아니, 우리 아이뿐만 아니라 장래에 태어날 모든 아이들을 위해 평화로운 세상을 만들어야 하는 건 현재를 살아가는 우리에게 당면한 과제였다.

"어쩜 좋아! 정말!"

나는 어쩔 줄 몰라 하며 매달리는 시실리를 달래면서 다시 한 번 속으로 반드시 마인을 토벌하겠노라고 맹세했다.

그건 그렇고…… 시실리의 몸은 참 부드럽네.

제2장 소년 소녀들은 규격 외의 계단을 오른다

알스하이드의 왕도로 돌아온 다음 날, 나는 이번에 개점할 상회가 있는 건물에 와 있었다.

보기만 해도 위압감이 느껴지는 거대한 5층 건물이었다.

이미 외장과 내부 공사는 끝났고 지금은 상품을 건물 안으로 옮기는 중이다.

가장 주문이 많은 상품은 변기로, 고객들이 직접 체험해볼 수 있도록 가게의 화장실에도 설치했다.

다음으로 주문이 많은 건 냉장고였다.

이건 원래 우리 집 주방을 관리하는 코렐 씨와 요리사들을 위해 만든 물건이었지만, 틀림없이 팔릴 거라는 말을 듣고 상품화를 결정했다.

그밖에도 바람 마법을 응용한 청소기나 세탁기 같은 것도 개발 중이다.

……가전제품 메이커?

그런 오픈을 앞둔 가게 내부에는 계산대 외에도 허가증을 가진 사람이 통신기를 구입할 수 있는 특별 창구도 만들었다.

참고로 바이브레이션 소드는 상품으로 내놓지 않기로 했다.

이 상회의 경영을 맡은 시실리의 오빠이자 전무인 로이스 씨와 앨리스의 아버지이자 대표이사인 글렌 씨가 오픈 전에 기존 점포들과 상담했을 때 이것만은 절대로 팔지 말아달라는 부탁을 받았기 때문이다.

바이브레이션 소드의 성능이 기존의 검들을 크게 상회하는 것.

아무리 무딘 칼이라도 부여만 하면 바이브레이션 소드가 될 수 있으니 대량 생산과 판매가 용이하므로 기존 시장이 붕괴될 우려가 있다는 것.

그뿐만 아니라 베이스가 되는 칼의 성능을 보지 않다 보니 단조 기술이 크게 후퇴할 우려가 있다는 것도 이유 중 하나라는 모양이었다.

나도 납득할 만한 이유였고 꼭 팔고 싶은 것도 아니었으니 딱히 상관은 없었다.

그대신 군의 제식 장비인 익스체인지 소드는 판매허가를 받았다.

베테랑 헌터들은 거들떠보지 않을지도 모르겠지만, 싼 가격에 칼날을 교환할 수 있는 익스체인지 소드는 신입 헌터들에게 수요가 있으리라.

그리고 베테랑 헌터는 역시 이름 있는 대장장이가 만든 단조 무기를 우대하고 대량생산품이나 주조 무기는 경원하는 경향이 있는 모양이라 다른 무구점과 경쟁할 필요가 없다는 판단에서였다.

제트 부츠는…… 일종의 미끼 상품으로 팔 예정이라는 모양이다.

아니, 그보다 우리가 리텐하임에서 했던 비치발리볼이 어느새 알스하이드에서도 유행 중이라고 한다.

그때 있었던 가족들과 호위들이 왕도에 돌아와서 주위의 친구들과 시작한 것이 계기였던 모양이다.

다만, 실제로 우리가 했던 『매지컬 발리볼』은 무영창 마법이 전제라 하는 사람이 거의 없다고 한다. 하지만 마법을 쓰지 않아도 평범한 『배구』는 누구나 할 수 있으므로 왕도의 새로운 오락거리 중 하나로 정착하게 된 것 같았다.

그렇다면 도약력을 늘려주는 제트 부츠도 혹시 수요가 있지 않을까.

제트 부츠를 구사해서 입체적인 콤비네이션이 이루어지는 배구…… 굳이 명명하자면 『에어 볼』쯤 될까? 개인적으로 무지 보고 싶었다.

지금은 무리겠지만, 세계에 평화가 돌아오면 각 도시와 국가별로 팀이 생길지도? 홈 앤 어웨이로 리그전을 열거나 몇 년에 한 번씩 월드컵 같은 걸 열면 세계적인 경기로 발전할 수 있을지도 모르겠다.

참고로 마도구는 아니지만 새로운 공도 상품으로 진열되었다.

전에 썼던 마물 토끼 가죽이 아니라 탄력성이 더 뛰어난 개구리 마물 가죽으로 바꾼 물건이었다.

자, 그건 그렇고 이런 기존의 상회에서 취급하지 않는 상품을 파는 상회의 이름은…… 부끄럽게도 내 성을 그대로 딴 『월포드 상회』가 되었다.

애초에 상회명은 창립자의 성에서 따오는 게 오랜 전통이라는 모양이다. 생각해 보면 톰 아저씨의 『허그 상회』도 그런 식이었다.

하지만 창립자와 상품 개발은 내가 맡아도 실무는 대표이사인 글렌 씨와 전무인 로이스 씨가 맡기로 했다.

애당초 난 아직 학생인 데다 전생에서 회사원으로 일한 경험은 있어도 경영에는 완전 까막눈이다.

그리고 무엇보다 나는 얼티밋 매지션즈의 대표이기도 하니까 말이다.

그래서 할머니의 명령으로 마물과 마인을 토벌해서 세상에 평화를 되찾는 것을 가장 우선시하고 상품 개발은 여유가 있을 때 틈틈이 하기로 했다.

참고로 내 직함은 『회장 겸 개발 책임자』였다.

대표인 글렌 씨와 전무인 로이스 씨 외에도 두 사람의 지인 중에 신뢰할 수 있는 사람들을 경리부장, 영업부장, 홍보부장, 총무부장, 법무부장 등으로 스카우트했다고 한다.

듣기로는 모두 흔쾌히 제안을 받아들였다고 한다. 참 고

맡기도 하지.

뭐, 말은 부장이라도 아직 상회가 열린 것도 아니라 총무부장과 영업부장 외에는 사실 부하 직원이 없었다. 영업부 쪽은 점포 판매원도 관리하므로 그들이 부하 직원이 되는 셈이었다.

참고로 상품 생산은 빈 공방에 의뢰했다.

그리고 생산품의 수주·발주·납품 등의 관리는 총무부의 역할이라 처음부터 다수의 직원을 채용했다고 한다.

그 빈 공방은 우리의 주문 때문에 공방을 확장했다.

새 공방에서는 상품 제작부터 마법『부여』까지 이루어진다.

그리고 그 부여 작업에는 무선 통신기에도 쓰이는『회로』가 사용되었다.

이『회로』라는 건 마법이 부여된 물건들을『접속』이라는 마법이 부여된 실로 연결하면 효과가 연동되는 구조였다.

이걸 개발한 덕분에 지금까지보다 부여할 수 있는 글자 수도 훨씬 늘어났다.

덕분에 나처럼 한자로 글자를 생략해서 부여하지 않아도 아무나 많은 글자수의 마법을 부여할 수 있게 된 것이다.

참고로 이『회로』는 특허를 신청했다고 한다.

설마 이쪽 세계에도 특허가 있을 줄은 몰랐지만, 로이스 씨가 앞으로 이 방식을 따라할 상회가 우후죽순 늘어날 거라고 열변을 토하는 걸 듣고 신청하게 되었다. 듣기로는 익스체인지 소드도 이미 특허를 딴 상태라고 한다.

솔직히 모든 상품에 내가 일일이 마법을 『부여』하는 광경은 상상하기만 해도 소름이 끼칠 정도다. 정말 개발해두길 잘한 것 같다.

이 『회로』를 개발한 덕분에 대량 생산이 가능할 거라는 전망이 생겨서 조만간 점포 확장도 시야에 넣은 업무 형태를 세우고 있다는 모양이다.

그래서 처음부터 이런 거대한 5층 건물을 구입한 거였고 1, 2층은 점포. 3, 4층은 본사로 쓸 거라고 한다.

참고로 5층은 얼티밋 매지션즈가 독립 운용되기 시작할 때를 위한 사무소다.

장래에 이 점포의 5층 사무실에 각국에서 파견된 직원을 상주시키고 의뢰를 받거나 임무를 분담할 예정이었다.

그 운영 형태 자체는 앞으로의 각료 회의에서 결정하게 될 거라고 한다.

가게 안으로 들어가자 바빠 보이는 글렌 씨가 나를 발견하자마자 이쪽으로 달려왔다.

글렌 씨의 말에 따르면 남은 건 상품 반입뿐이라 내일이나 모레쯤 가게를 오픈할 수 있다고 한다.

그래서 내일 하루는 선전 기간으로 쓰고 모레 오픈하기로 결정했다.

그러자 글렌 씨는 다시 바로 가게 안으로 들어갔다. 안에서는 판매원들이 상품 진열을 하거나 연수를 받는 중이라 그들에게 내일 일정을 전하러 간 것이다.

그리고 난 유리네 호텔에 묵고 있는 나바르 씨 일행에게 오픈 일정을 전해주러 갔다.

마침 호텔 프런트에 유리네 아버지가 계셔서 월포드 상회의 오픈 일정을 전해주었다.

나바르 씨를 비롯한 엘스 상인들은 안타깝게도 관광과 선물 구매 때문에 자리를 비운 모양이었다.

유리네 아버지의 말에 따르면 이미 통신기 구입 허가를 받아서 우리 상회의 오픈을 기다리는 것밖에 할 일이 없었기 때문이라고 한다.

그래서 시간을 때울 겸 관광을 하러 나간 거라고.

뭐, 전언은 남겼으니 이걸로 그들도 알스하이드를 찾아온 목적을 달성할 수 있으리라.

이걸로 오늘 할 일은 끝났으니 나도 슬슬 집에 가봐야겠다.

◆

그리고 이틀 후 마침내 월포드 상회가 오픈했다.

참고로 난 학교가 있어서 개업식에는 참가하지 못했다.

할머니가 돈벌이는 다른 사람에게 맡기고 학생은 학생의

본분을 지키라고 해서 상회 운영은 글렌 씨와 로이스 씨에게 전부 떠넘겼다.

"자, 그럼 상회 쪽은 어떠려나?"

방과 후, 나는 평소의 멤버들과 학교를 나서면서 오늘 오픈한 상회를 화제로 이야기꽃을 피웠다.

"우리 아버지는 오픈 전부터 줄을 설 거라고 하셨어~."

유리네 아버지에게는 남들보다 일찍 알려줬기 때문이리라. 호텔의 변기를 전부 교체한다고 했으니 그만큼 기합이 들어간 거겠지.

"흐흥~. 우리 집은 아버지가 상회 대표라 사원 가격으로 미리 구매했지롱!"

"어? 진짜?"

앨리스가 자랑하듯 말하자 토니가 반응했다.

"집에 그 변기가 있는 생활…… 이젠 벗어날 수 없어!"

그러고 보니 사원들에게는 상품 설명을 위해 희망자에 한해서만 선행 판매를 실시했다.

글렌 씨 말로는 상당히 호평이었다는 모양이다.

그런 대화를 나누면서 우리 상회가 있는 거리에 도착한 순간.

"……저기, 이 동네에 이렇게 사람이 많았던가?"

"아뇨……. 상회들이 있는 지역이라 왕래하는 사람이 비교적 많은 편이긴 했습니다만……."

마리아의 의문에 토르가 설명했다.

"이 정도까지는 아니었소이다."

그리고 율리우스는 이 정도까지 사람이 많지는 않았다고 대답했다.

확실히 이틀 전에 왔을 때도 이렇게 사람이 많지는 않았는데…… 설마?

혹시나 싶은 생각으로 상회에 도착한 순간.

"이건, 행렬?"

마리아가 길게 줄을 선 사람들을 보고 말했다.

"그런 가봐~. 혹시~?"

유리는 반쯤 확신하면서 예상했다.

"아! 역시 그러네요!"

그렇게 말한 토르가 가리킨 행렬의 종착지는 『월포드 상회』로 이어져 있었다.

"우와…… 뭐야 이건?"

내가 오너인 상회에 일어난 일인 데도 무심코 그런 말이 새어나올 정도였다.

그야 그렇잖아? 오늘 막 오픈한 학생이 오너인 상회인데?

이렇게 대성황을 이룰 줄 대체 누가 알았겠으랴.

"아, 저희 오라버니네요."

"우리 아버지도 계셔!"

상회 앞에 생긴 줄을 정리하기 위해 전무인 로이스 씨와 대표이사인 글렌 씨까지 동원된 상태였다.

이게 대체 어찌 된 노릇이지?

"아! 마왕 씨!"

그렇게 생각한 순간, 엘스의 외교관인 나바르 씨가 말을 걸어왔다.

그리고 엄청난 기세로 이쪽으로 달려온 후.

"잠깐만요! 이게 대체 뭡니까!"

방금 산 비데가 달린 변기가 든 상자를 들고 설명을 요구했다.

"나바르 씨, 안녕하세요. 이미 통신기를 사고 가셨을 줄 알았는데요."

"이런 걸 보고 어떻게 모른 척 하고 갈 수가 있겠습니까! 그보다, 이 변기!"

"예."

"이런 변기까지 개발하셨던 겁니까?"

"예, 우리 집 변기로 쓰고 있던 건데 제법 평판이 좋길래 그럼 한번 팔아볼까 해서⋯⋯."

"이건 정말 엄청난 물건이라고요! 화장실 혁명입니다!"

그렇게까지 흥분할 정도인가?

나바르 씨는 한껏 달아오른 얼굴로 변기가 든 상자를 들고 열변을 토했다.

"그래서 좀 부탁하고 싶은 게 있는데⋯⋯ 이 변기, 저희 상회에서 취급할 수 없을까요?"

역시 그런가.

상인인 나바르 씨가 이렇게 인기가 많은 상품을 보고 가만히 넘어갈 리 없겠지.

벌써 거래를 제시했지만…….

"아앗! 나바르 씨! 또 새치기를!"

"적당히 좀 하소!"

"빠른 사람이 임자 아니겠나!"

이 자리에는 다른 엘스 상인들도 있었다.

그런 사람들 앞에서 새치기로 교섭을 시작했으니 당연히 싸움이 벌어졌다.

정말 대단한 장사꾼 근성이라고 해야 할지…….

"확실히 제가 개발했지만…… 상품의 판매와 거래 같은 경영 자체에는 전혀 관여하지 않고 있어요. 그러니 교섭이라면 대표이사인 글렌 씨나 전무인 로이스 씨와 하시는 편이……."

"""그분들은 어디에!?"""

"저, 저기……."

나는 그렇게 말하며 줄 정리에 투입된 글렌 씨와 로이스 씨를 가리켰다.

"""감사합니다! 저기요~! 대표님! 전무니임~!"""

엘스 상인들은 이구동성으로 외치며 글렌 씨와 로이스 씨 쪽으로 달려갔다.

갑자기 이름이 불린 두 사람이 화들짝 놀라며 눈을 크게 뜨는 모습이 눈에 들어왔다.

그리고 곧 엘스 상인들에게 포위되자 이번에는 눈을 휘둥그레 떴다.

글렌 씨, 로이스 씨…… 전 이런 업무에는 전혀 힘이 되어드리지 못할 것 같네요.

뒷일은 아무쪼록 잘 부탁드리겠습니다.

나는 마음속으로 그렇게 사과했다.

하지만 시실리는 내 생각과는 다른 인상을 받은 모양이었다.

"오라버니가 저런 생기 있는 표정을 짓는 건 처음 봤어요……."

눈을 휘둥그레 뜬 것도 잠시. 어느새 나바르 씨 일행과 상담을 시작한 로이스 씨는 중요한 이야기라 가게 안으로 들어가고 싶지만, 줄을 선 고객들을 정리할 사람이 부족해서 그 자리를 떠날 수도 없는 노릇인지 난처한 표정을 짓고 있었다.

솔직히 귀찮은 일을 떠넘긴 것 같아서 미안했지만, 시실리는 오히려 그런 오빠의 표정을 보고 다른 의미에서 놀란 모양이었다.

가족이 하는 말이니 분명 틀림없으리라.

많이 바빠 보였지만, 그건 그것대로 일하는 보람이 있는 걸지도 모르겠다.

나는 그런 업무에 충실한 형님에게서 시선을 돌리고 가게 안을 둘러보았다.

엘스 사절단뿐만 아니라 스이드나 다른 나라에서도 추가 구입 허가증을 지참한 사신들이 와서 통신기를 사는 모습이 눈에 들어왔다.

뭐, 말이 허가증이지 사실 이쪽은 일반 판매를 개시하기 전에 신뢰할 수 있는 곳에서 시험 운영을 해보려는 의도였던 것뿐이지만 말이다.

통신기를 처음으로 썼던 게 국가 간의 긴급 연락용이라 그냥 그대로 각 나라에 시험 판매를 하기로 한 것뿐이었다.

구입하는 주체는 국가라 그 나라의 사신이 틀림없다는 게 확인되면 국가의 보증을 믿고 바로 허가가 나온다고 한다.

나바르 씨 일행은 저래 보여도 엘스 자유 상업 연합국의 사절단이니 간단히 허가를 받아낸 모양이었다.

일반 판매는 좀 더 훗날의 일이다.

교환국도 만들어야 하고, 교환사도 배치해야 하고, 전용 장치도 만들어야 할 테니까.

애초에 그런 대형 설비를 어떤 식으로 관리하는지에 대해서도 아직 정해진 건 아무것도 없었다.

디스 아저씨는 배선을 포함한 대규모 인프라 정비가 필요할 테니 각국의 국가적 프로젝트가 될 거라고 말했었다.

그리고 먼저 알스하이트에서 시험해본 후에 전 세계로 퍼트릴 거라고도.

……또 내가 해야 할 일이 늘어났군.

내가 그렇게 통신기의 전망을 고민하고 있자, 마침 가게 안에 있던 판매원이 다급한 표정으로 줄 정리 작업 중인 글렌 씨와 로이스 씨를 향해 달려갔다.

"대표님! 전무님! 큰일입니다! 비데가 달린 변기의 재고가 다 떨어졌어요!"

"뭐, 뭐라고?!"

거래를 재촉하는 나바르 씨 일행과 고객들을 대응하던 두 사람이 놀란 목소리로 대답했다.

설마 벌써 매진이야?

"고객 여러분! 정말 죄송합니다! 방금 막 비데 기능이 달린 변기의 재고가 전부 소진되었습니다! 참으로 유감이오나 오늘은 더 이상 판매하기 어려울 것 같습니다!"

전무인 로이스 씨가 바로 줄을 선 고객들에게 상황을 전달했다.

"예에?! 그럴 수가!"

"칼튼 호텔에서 평판을 듣고 사러 온 거라고! 이건 좀 아니잖아!"

"난 돌가마에서 써봤어. 그런 굉장한 물건의 일반 판매가 시작됐는데 못 산다니 너무해!"

옳거니. 그렇게 된 거였나.

칼튼 호텔, 즉 유리의 가족이 경영하는 호텔은 알스하이드에서도 유명한 숙박업소인 모양이었다.

거기다 알스하이드의 인기 음식점인 돌가마에도 도입했으니 입소문으로 정보가 퍼진 것이리라.

그래서 이렇게 많은 손님이 몰렸나 보다.

"정말 죄송합니다! 이쪽에 서 계신 고객 여러분께선 예약 접수는 가능하오니 그래도 상관없으신 분은 남아주십시오!"

결국 매진됐어도 예약하면 먼저 입수할 수 있다는 말을 들은 사람들은 예약 주문을 위해 그대로 줄을 만들었다.

"하아…… 이건 예상 외였네."

"그래? 난 그 변기의 평판이 알려지면 이 정도쯤은 팔릴 줄 알았는데."

마리아는 그렇게 말했지만, 나는 전혀 예상하지 못했다.

또 빈 공방에 부담을 주게 생겼네.

난 그렇게 걱정했지만, 공방주의 아들인 마크는 이 상황을 다르게 받아들인 모양이었다.

"이건 아빠도 무지 기뻐하겠습다."

뭐? 기뻐해? 민폐가 아니라?

"그래? 부담이 되지는 않을까?"

"이만큼 주문이 들어오면 당연히 이익도 늘어날 테니까요. 정말이지 월포드 군에게는 아무리 감사해도 모자랍다."

"아, 나도 그래! 우리 집은 아버지가 대표잖아! 진짜 신 군만만세야!"

마크와 앨리스가 나를 향해 합창했다. 그만둬.

그건 그렇고 변기로 이 정도라…….

나중에 청소기와 세탁기가 완성되면 어떻게 되는 거지?

사모님들이 문전성시를 이루는 걸까? 아니면…… 남편들에게 사오라고 시킬지도 모르겠다. 이 나라는 아내 쪽 권력이 더 강한 편이라.

"뭐야? 줄이 엄청 길잖아!"

"정말 그러네요. 어떻게 된 거죠?"

"오, 신! 이리 좀 와 봐!"

그런 생각을 하는데 마침 올그란 마법사단장과 크리스 누나와 지크 형이 상회를 방문했다.

그러고 보니 올그란 씨는 디스 아저씨가 절찬하는 걸 듣고 사러올 거라고 말했었고, 지크 형과 크리스 누나는 이미 경험자다.

그래서 오늘 일이 끝나자마자 사러 온 모양이었지만…….

"방금 매진됐다고 하던대."

"뭐, 뭐라고오오?!"

"그, 그럴 수가…… 벌써 늦은 겁니까?"

내 말을 들은 지크 형과 크리스 누나는 힘없이 바닥에 무릎을 꿇고 절망했다.

올그란 씨는 아쉬워하긴 했지만, 그 정도까지 낙담하는

기색은 아니었다.

"너희들…… 겨우 변기 가지고 웬 호들갑이야? 한정 수량 생산품도 아니니 다음에 물건이 들어올 때 사면 되잖아."

정말 지당한 말씀이라 생각했지만, 이미 비데의 마력에 흠뻑 빠진 지크 형과 크리스 누나에게는 효과가 없었다.

"단장님은 그 비데 기능을 안 써 보셔서 그런 말씀을 할 수 있는 거라고요!"

"한 번 쓰면 헤어 나올 수 없어요. 어제부터 집에 그걸 설치하는 순간을 고대하고 있었는데……."

"나도 마찬가지야! 그 모든 것이 씻겨나가는 감각은 정말이지……."

"거기다 뭐라 형언할 수 없는 편안함까지 주죠."

"맞아! 그걸 집에서도 체험할 날을 기대하고 있었는데!"

"이건 너무 하잖아요……."

"그, 그 정도냐?"

열변을 토하는 지크 형과 크게 낙담한 크리스 누나를 본 올그란 씨가 약간 머뭇거리는 기색으로 물었다.

그건 그렇고 이 정도까지 기대하고 있었던 건가.

두 사람이 좀 가여워졌다.

좋아. 그럼 내 형과 누나 대신이었던 두 사람을 위해 조금 융통성을 발휘해볼까.

"지크 형, 크리스 누나. 잠깐 이리 와 봐."

"왜?"

"뭐죠?"

"이거."

난 다른 사람에게 보이지 않도록 이공간에서 예비용 변기를 꺼냈다.

"야! 너, 이건!"

"우리 집 예비용이야. 지크 형이랑 크리스 누나에게 줄게."

"……아, 아니야 됐어! 아무리 그래도 동생의 신세를 질 수는 없지! 지금은 형으로서 참아야…… 그래도……"

지크 형은 한순간 기쁜 표정을 보였지만, 곧 격렬하게 갈등하기 시작했다.

"고마워요. 역시 신이군요. 이 누나는 기쁩니다. 그래도 공짜는 안 되죠. 제대로 값은 지불할게요."

하지만 크리스 누나는 활짝 웃더니 시원스럽게 내 제안을 받아들였다.

"넌 또 왜 아무렇지 않게 받는 거야?!"

"왜라뇨. 귀여운 동생이 누나를 위해 준비해준 거잖아요? 그 호의를 고맙게 받아들이는 게 무슨 문제라도 되나요? 바보예요?"

"뭐라고? 이게!"

"해보자는 겁니까? 아앙?"

또 시작했네. 이쪽은 그냥 내버려두자.

"올그란 씨도 받으세요."

"잠깐만…… 괜찮겠어? 저쪽에는 줄서서 기다리는 사람들도 있는데."

"뭐, 개발자와 지인 특권이라는 걸로 치죠."

"그런가. 그럼 사양하지 않으마."

올그란 씨는 솔직하게 융통성을 발휘해주었다.

"잠깐만요! 단장님까지 대체 뭐나고요!"

"시끄러워, 인마. 월포드 군이 팔아주겠다는데 사양하는 쪽이 더 실례잖냐."

"큭! 신! 내 건?!"

아, 결국 포기했구나.

"처음부터 준다고 했잖아. 자."

"오오…… 이걸로…… 우리 집에도 그 변기가……."

"참 나, 당신이 신에게 이길 수 있는 건 아무것도 없는데 왜 쓸데없는 고집을 부리는 건가요?"

"그, 그렇지는 않……겠지?"

"마법 기술은 두 말할 것도 없고 재력까지. 덤으로 이런 귀여운 약혼자까지 있습니다만?"

"아으……."

크리스 누나는 내 옆에 있던 시실리의 머리를 쓰다듬으며 그렇게 말했다.

갑작스러워서인지 시실리는 수줍어했다.

"후후, 귀엽네요. 시실리 양도 절 언니라고 불러도 괜찮습니다만?"

"어, 언니?"

"……뭐죠? 언니라고 불리는 데에는 익숙해졌을 텐데 이 가슴이 간질거리는 느낌은……."

가족이 될 사람과 타인의 차이가 아닐까?

시실리의 머리를 쓰다듬던 크리스 누나가 갑자기 쑥스러워하며 묘한 분위기를 자아내기 시작했다.

잠깐! 시실리는 내 거라고!"

"이런 귀여운 아이와 약혼자가 되다니…… 여자라면 일단 손을 대고 보는 당신과는 완전히 딴판이네요."

"괜한 참견이야!"

"대체 어디에 위엄을 보일 건덕지가 있다는 건지…… 아, 그러고 보니 나이만은 확실히 위였네요."

크리스 누나는 쿡쿡 웃었다. 하지만 그 말은…….

"너…… 그거 완전히 부메랑이라는 거 알고 있냐?"

"……죽고 싶나요?"

"네가 먼저 꺼낸 말이잖아!"

"진짜 해보자는 겁니까? 아앙?"

이젠 진짜 그냥 내버려두자.

참고로 이날은 예약 수량만으로 첫날에 준비한 비데가 달린 변기의 예상 판매량을 두 배는 뛰어넘었다고 한다.

◆

월포드 상회가 오픈한 지 며칠 후, 실습 시간.

"월포드 상회, 굉장했……지!"

"웃차! 신이 계속 부자가 되고 있네!"

"전하! 그러네요. 저희와 같은 나이인데 굉장합니다!"

"흡! 좋았어! 또 뭔가 개발하는 제품도 있다고 하니 재산은 계속 늘어나겠지."

대화가 좀 이상하게 들리는 건 매지컬 발리볼 경기를 하면서 말을 하고 있기 때문이다.

앨리스가 불꽃을 두른 공을 날리자, 토니가 물의 마법으로 중화하면서 리시브.

토르가 토스한 공을 오그가 벼락을 두른 스파이크로 점수를 냈다.

화제는 주로 얼마 전에 오픈한 월포드 상회에 관해서였다.

어제 앨리스가 글렌 씨에게 사원 할인 가격으로 제트 부츠를 구입했기 때문이었다.

참고로 토니에게 준 제트 부츠와 바이브레이션 소드 뿐만 아니라 신규 전투복도 다들 값을 치렀다.

할인 가격이기는 하지만 말이지.

사실 그냥 공짜로 줘도 상관없었지만, 다들 친구 사이에

금전 관계는 확실히 하는 편이 좋다고 해서 어쩔 수 없이 받았다.

그래서 앨리스가 모처럼 제트 부츠를 샀으니 매지컬 발리볼로 성능을 시험해보고 싶다는 말을 꺼낸 것을 계기로 자습 시간이 된 마법 실습 시간에 해보기로 한 것이다.

무영창으로 마법을 쓰는 경기이니 수업의 일환이 될 수 있을 거라고 설득해서 알프레드 선생님의 허가도 받았다.

참고로 알프레드 선생님은 지금 코트 옆에서 입을 떡 벌린 채 경기를 관전 중이었다.

좋은 훈련이 될 것 같은데 마법 실습 수업에 도입할 수 없으려나?

"아아! 진짜! 제트 부츠를 쓰기 전에 들어갔어!"

"후…… 유용한 도구를 쓰지 못하게 하는 것도 전략의 일부지."

어째선지 오그가 폼을 잡고 이상한 소리를 했다.

이건 고작 배구거든?

다들, 대체 얼마나 빠진 거냐고…….

"으~! 이번에는 쓸 거예요! 올리비아, 다음에는 좀 더 토스를 높이 올려줘!"

"더, 더 높이요?"

"좋았어! 어디 덤벼 봐!"

앨리스의 호령에 게임이 재개되었다.

오그 팀의 토니가 제트 부츠와 신체 강화를 쓴 초고각도 고속 점프 서브를 날리자, 공이 무시무시한 기세로 앨리스 팀의 코트를 향해 날아갔다.

"앗! 먼저 쓰다니 치사해!"

앨리스의 불평도 약간 핀트가 어긋난 느낌이었다.

"받았소이다!"

초고속 서브였지만, 공의 궤도를 파악하고 있었는지 율리우스가 멋지게 리시브했다.

"나이스, 율리우스! 올리비아, 올려!"

"갑니다! 앨리스 씨!"

올리비아는 전생에서 본 배구에서는 상상도 할 수 없을 정도로 높이 토스했다.

"이걸 기다렸습니다!"

그리고 앨리스가 마침내 제트 부츠를 기동해서 높이높이 날아올랐다.

"으랴아아아앗!"

그리고 기합성과 함께 어마어마한 고도에서 스파이크를 날렸지만, 오크 팀은 아무도 움직이지 못했고 공은 코트 구석에 강렬하게 내리 꽂혔다.

"해냈어! 어때요, 전하! 이건 못 막으시겠죠?"

한 번에 점수를 내서 신이 난 앨리스가 그렇게 말했지만, 오그는 미묘한 얼굴을 했다.

그 심정은 나도 이해가 갔다.

"그래…… 설마 이런 방법을 쓸 줄이야……."

"솔직히 예상 외였네요……."

"이야~ 눈호강했는걸."

오그, 토르는 난감한 표정이었고 토니는 약간 기뻐했다.

"눈호강?"

앨리스만 영문을 몰라 의아한 표정을 지었다.

자, 지금 이 경기는 어디까지나 수업의 일환이었다.

그래서 당연히 다들 교복 차림이었으니 조금 전부터 아슬 아슬한 순간이 많았지만, 방금 앨리스의 경우는…….

"앨리스, 너…… 고양이였구나."

"고양이? 앗! 아, 아……."

마리아의 지적을 듣고 그제야 눈치챘는지 앨리스는 새빨 개진 얼굴로 치마를 손으로 가렸다.

여학생의 교복은 치마라 그렇게 높이 뛰면 안이 훤히 보이는 게 당연했다.

"앨리스 씨…… 완전히 보였어요."

시실리는 잔혹한 현실을 가르쳐주었다.

"으, 음. 뭐…… 귀여운 팬티였으니 문제없지 않을까~?"

유리가 애써 위로하려했다.

"유리, 섣부른 위로는 안 하느니만 못 해."

린의 지적은 타당했다.

"으, 으냐아아아아아앙!"

그러자 예상대로 앨리스는 절규하며 연습장 구석까지 제트 부츠로 날아갔다.

그건 그렇고 앨리스는 고양이 무늬였나…… 이미지랑 딱 일치하는걸.

"신 군?"

"왜, 왜? 시실리."

그런 생각을 하고 있자 난데없이 시실리의 싸늘한 목소리가 날아왔다.

"……앨리스 양의 팬티를 봐서 잘됐네요?"

"아, 아니야! 봤다기보다 보였다고 해야 할지……."

"후후후……."

"이, 일부러 본 게 아니야! 고의는 아니었다고!"

창피한 나머지 연습장 구석에 몸을 웅크린 앨리스와 미소가 무서운 시실리를 달래느라 남은 수업 시간을 전부 다 쓰고 말았다.

그렇게 소란스러웠던 실습 시간이 끝난 후, 알프레드 선생님은 머리를 감싸 쥐며 방금 본 매지컬 발리볼에 관한 감상을 피력했다.

"……너희는 여름 방학 동안 대체 뭘 했길래 이런 경지까지 오른 거냐. ……이래서야 마법학원에 다닐 의미가 없잖아."

확실히 이젠 마법 실력만 놓고 보면 마법학원에서 우리를 능가할 만한 실력자는 교직원을 포함해 아무도 없으리라.

하지만 학교에서 배우는 건 마법만이 아니었다.

"그런가요? 전 공부도 중요하다고 생각하는데요."

솔직히 학교에 대체 뭘 배우러 오는 거냐는 말이 나오는 게 당연했다.

이젠 필기 수업 말고는 전혀 배울 게 없을지도 모르겠지만, 원래 내가 이 학교에 입학한 건 상식을 배우고 친구를 만들기 위해서였다.

마법을 배우는 건 원래 처음부터 안중에 없었으니 딱히 문제될 건 없으리라.

그런 대화를 나누다가 알프레드 선생님은 앞으로의 예정에 관해 확인했다.

"이제 곧 기사 학원과 합동 훈련이 재개될 예정인데…… 너희는 어쩔 거냐? 솔직히 할 의미가 없잖아?"

세계 연합이 발족되면 머지않아 마인령 공략 작전이 시작될 터.

그러니 조금이라도 전력이 될 만한 인재를 늘리기 위해 이번 학기에도 기사 학원과 합동 훈련을 할 예정이었다.

하지만 솔직히 지금의 우리는 그들과 함께 훈련을 할 의미가 전혀 없었다.

마침 좋은 기회이니 선생님에게 한 번 타진해봐야겠다.

"아, 그럼 그 기간 동안 하고 싶은 일이 있는데요."

"하고 싶은 일? 월포드, 그게 대체 뭐지?"

"저희도 마물 토벌에는 참가할게요. 하지만…… 기사 학원생은 빼고 저희만 따로 해도 괜찮을까요?"

"그건 상관없다만…… 이유를 들어봐도 될까?"

"요전에 삼국 회담을 마치고 귀국하는 도중에 마물 무리의 습격을 받았을 때 한 번 소재의 가치를 떨어트리지 않고 사냥할 수 있을까 시험해봤거든요. 하지만 다들 많이 고전하길래…… 만약 그렇게 할 수만 있다면 다들 마법의 정밀도가 꽤 오를 것 같아서예요."

그건 모두에게도 좋은 경험이 됐으니 꼭 훈련에 도입하고 싶었다.

난 좋은 아이디어라고 생각했지만, 알프레드 선생님은 미간을 누르며 고뇌했다.

어째서?

"마물 소재의 가치를 떨어트리지 않고 사냥하겠다니…… 그건 완전히 베테랑 헌터의 사고방식이잖아. 너희는 벌써 그런 영역에 도달한 거냐?"

그런가? 베테랑 헌터라는 건 예상보다 굉장한 사람들이었나 보다.

"뭐…… 여기 있는 전원이 이미 재해급을 토벌할 수 있을 정도니까요. 다만, 화력에만 의존하는 경향이 있다 보니 마력을 좀 더 정밀하게 조작하는 법을 익히게 하고 싶어서예요."

그렇게 된다면 더욱 더 마법을 효율적으로 쓸 수 있게 되리라.

평소의 단련으로 제어 가능한 마력량이 늘어난 우리 멤버들이라면 더욱 더 강한 마법을 쓸 수 있을 것이다.

정밀한 마력 조작은 강해지려면 필수이니 말이다.

"……뭐, 합동 훈련을 하는 가장 큰 이유는 기사와 마법사의 원활한 연계를 위해서다만, 이미 단독으로 전력으로 성립하는 너희에게는 딱히 필요 없겠군."

"저희의 목표는 마인이니까요."

그렇게 해서 우리는 합동 훈련 기간 동안 마력 정밀 조작 훈련을 하기로 했다.

◆

"오! 신, 요전에는 고마웠어!"

"비데가 달린 변기가 있는 생활이라니…… 꿈만 같아요."

"같이 산 냉장고도 편리하던걸."

"다만, 마법사만큼 마력 조작에 익숙하지 않은 우리 일반인이 그만한 양의 물을 얼리려면 꽤 고생해야 하더군요. 그걸 어떻게 좀 개선할 수 없을까요?"

새 학기 합동 훈련.

저번처럼 마법사단과 기사단에서 학생들의 인솔을 맡을

마법사와 기사들이 파견되었지만, 이번에도 우리 담당은 지크 형과 크리스 누나가 맡게 되었다.

그런데 왜 하필이면 마법사단 중에서도 시가지와 성을 지켜야 하는 궁정 마법사단과 근위기사단의 멤버가 파견된 건지 모르겠다.

디스 아저씨의 호위는 어쩌고?

그런 의문이 생기긴 했지만, 나도 모르는 사람이 인솔을 맡는 건 불편하니 솔직히 고마웠다.

아니, 그보다 우리가 여름 방학 동안 저지른 일이 일인 만큼 학생뿐만 아니라 마법사단과 기사단 사람들도 말을 걸어오기는커녕 가까이 다가오지도 않았다.

이런 상태로 인솔을 맡았다간 틀림없이 어색한 분위기를 조성했으리라.

그런 점에서 지크 형과 크리스 누나는 날 어릴 때부터 알고 있는 사람들이라 딱히 태도가 바뀌거나 하진 않았다.

여전히 국왕의 호위는 어쩔 거냐는 의문이 남긴 했지만, 개인적으로는 환영할 만한 일이었다.

그리고 오늘도 두 사람은 아무런 거리낌 없이 나에게 말을 걸어왔다.

주요 화제는 물론 저번에 사간 마도구에 관해서였다.

"그 정도쯤은 별 거 아냐. 냉장고에 마석을 달면 계속 냉동 상태를 유지할 수 있겠지만……."

실제로 우리 집 냉장고는 이미 그런 타입으로 교체해서 메이드들의 절찬을 받았다.

"마석이라…… 그건 아직 조사 중이란 말이지."

그러고 보니 마석 채굴은 마법사단의 관할이었던가?

부서는 다르겠지만, 내용 자체는 전달된 모양이다.

"진척 상황은 어때?"

궁금해서 지크 형에게 물어보았지만, 대답한 건 크리스 누나였다.

"기사단에서도 몇 명인가 차출됐었죠. 신이 보고한 장소를 조사 중이라고 합니다만……."

이번에는 지크 형이 교대로 대답했다.

"……드문드문 나오고 있다나 봐."

"그런가. 역시."

내가 세운 가설을 기반으로 마석을 인공적으로 만들어낼 수 있다는 건 이미 증명된 사실이다.

그러니 그 조건을 실제 채굴 상황에 대조해보면 마석이 나오는 게 당연했다.

마석이 대량으로 채굴되기 시작하면 마도구 개발에도 큰 진전을 보이게 되리라.

"그건 그렇고…… 신이 세상으로 나오자마자 주위의 변화가 너무 빨라서 정신이 없을 정도네요."

"숲에서 지낼 때도 어지간히 규격을 벗어난 녀석이었지만,

실제로 세상에 나오면 이렇게 되는 거였나……."

두 사람은 내가 왕도에 온 뒤로 저지른 일들을 떠올리며 먼눈을 했다.

크리스 누나와 지크 형은 내 어린 시절을 알고 있다 보니 그만큼 감회가 깊은 모양이었다.

시실리는 그런 두 사람의 말에 흥미가 생겼는지 질문을 던졌다.

"두 분도 신 군이 어린 시절을 알고 계시죠? 어떤 아이였나요?"

그만둬.

그걸 파헤치지 마.

내 어린 시절의 흑역사들이 튀어나올 거라고.

클로드 저택에서 약혼 피로연을 할 때도 들었지만, 당시에 지크 형과 크리스 누나는 없었으니 이 두 사람 시점의 이야기를 듣고 싶었나 보다.

"우리가 전임자들로부터 호위를 인수인계 받았던 건 4~5년 정도 전부터니까 그전에는 어땠는지 모르겠지만……."

"처음 만났을 때는 깜짝 놀랐습니다. 아무튼……."

"이 녀석, 무지막지하게 큰 곰을 등에 짊어지고 나타났었거든."

그러고 보니 그랬었다. 꽤 크긴 해도 마물이 되진 않은 곰을 사냥해서 할아버지와 할머니에게 자랑하려고 신나게 들고 갔었다.

"나무 뒤에서 갑자기 큰 곰이 나타났으니 우리도 긴장했 었지."

"당시에는…… 열 살이었던가요. 신은 아직 몸집이 작다 보니 곰에 가려져서 모습이 안 보였거든요."

지크 형과 크리스 누나는 그리운 목소리로 옛날이야기를 시작했다.

"……뭐랄까. 보통은 놀라야 할 대목일 텐데……."

"신 군의 옛날이야기라고 하니 납득이 가!"

하지만 토니와 앨리스는 묘하게 납득했다.

야, 좀 더 놀라도 되거든?

"하하! 아무래도 다들 잘 받아들여준 모양이네."

"이런 규격 외의 아이에게 친구가 생길지 걱정이었는 데…… 괜한 걱정이었나 보군요."

"잠깐, 그만해."

두 사람은 기쁜 얼굴로 내 머리를 쓰다듬어주었다.

이 나이에 이러는 건 좀 부끄러웠지만, 한편으로는 기쁘기 도 해서 나는 두 사람의 손을 뿌리칠 수 없었다.

그러자 다들 따스한 눈길로 이쪽을 바라보았다.

"후후, 두 분께선 신 군을 많이 귀여워하시는군요."

시실리는 기쁜 얼굴로 미소 지었다.

"아~ 이건 그거야."

"예, 손이 많이 가는 아이일수록 귀엽다는 거겠죠."

웬일로 지크 형과 크리스 누나의 의견이 일치했다.

"그렇게 손이 많이 갔던가?"

"당연하지! 너, 조금만 눈을 떼면 금방 여기저기 싸돌아다 녔잖아!"

"그런가 싶더니 어느새 피투성이로 돌아오지 않나……."

"피, 피투성이요?!"

크리스 누나의 말에 반응한 시실리가 걱정스러운 눈으로 날 돌아보았다.

"처음에는 우리도 놀랐는데."

"사냥감을 잡다가 실수로 튄 피였다더군요."

"아~ 그런 일도 있었지."

"그런 일도 있었지……가 아니라고!"

"맞아요! 얼마나 걱정한지 아세요?!"

"미, 미안……."

어물쩍 넘기려고 하다가 된통 혼이 났다.

"그것 말고도 저지른 일이 한두 개가 아니었지."

"현자님의 집에 있을 때는 폐하의 호위보다 신의 걱정만 했습니다."

그, 그랬었나……. 아무래도 내가 아직 어린애라는 인식이 희박해서 그런지 주위에 걱정을 끼치고 다녔었던 모양이다.

"솔직히 걱정했어. 이런 규격을 벗어난 녀석과 친해질 수 있는 녀석들이 있기나 할지."

"그랬는데 설마 이렇게 많은 친구가 생기다니…… 여러분, 이 아이와 친구가 되어줘서 고마워요."

"고맙다."

마치 내 친형과 친누나 같은 지크 형과 크리스 누나의 말은 기뻤지만, 한편으로는 쑥스럽기도 했다.

"그래서? 이 불초 동생이 대체 또 무슨 짓을 저지르려는 건데?"

"단독으로 마물 토벌을 맡겠다고 들었습니다만…… 대체 무슨 생각이죠?"

"딱히 이상한 일은 아니야."

내가 우리의 이번 목적을 밝히자 두 사람은 동시에 기가 막힌 표정을 지었다.

"마물 소재에 흠집을 내지 않고 깔끔하게 채취하기 위한 훈련이라니……."

"너희 또래라면 보통은 마물조차 사냥하지 못하는 게 당연한데…… 벌써 베테랑과 똑같은 사고방식에 도달한 거냐."

"그건 부산물이야. 진짜 목적은 마법 기술의 정밀도를 올리는 거니까."

"이 아이들을 합동 훈련에서 제외한 게 정답이었네요. 기사학원생들은 확실히 자신감을 상실했을 겁니다."

"그건 마법학원생들도 마찬가지였겠지."

"그런 것보다 슬슬 가자고. 다른 조는 벌써 출발했잖아?"

이번 합동 훈련…… 아니, 우리는 기사학원생들과 조를 짜지 않았으니 합동은 아닌가. 아무튼 이런저런 대화를 나누는 사이에 우리만 남겨지고 말았다.

"아, 이런. 그럼 슬슬 출발하자."

"이번에는 정말로 따라가기만 하는 거지만…… 저기요, 신."

"왜? 크리스 누나."

지크 형의 말을 듣고 이동하려 하자 크리스 누나가 말을 걸어왔다.

"아무쪼록…… 제발 사고는 치지 마세요. 알겠습니까?"

"어? 지금까지도 딱히 사고를 친 기억은 없는데?"

내가 그렇게 대답하자 크리스 누나는 한숨을 내쉬더니 이마에 손을 얹었다.

"그게 사고가 아니라니…… 아무튼 다른 사람들도 있으니 모든 걸 당신 기준으로 생각하지 마세요. 알았나요?"

"예~."

크리스 누나는 그렇게 말했지만, 이번 훈련에서는 딱히 모두가 무리할 일도 사고를 칠 일도 없으니 문제없겠지.

그럼 슬슬 출발해보실까.

"그럼 지크 형, 크리스 누나. 따라와."

자, 이제 마물 상대로 훈련을 시작해보자.

우리는 목적지인 숲 안쪽으로 나아갔지만, 나는 현장에 도착하기 전에 모두에게 해둬야 할 말이 있었다.

"오늘 훈련은 2인 1조로 할 거야."

"2인 1조? 왜?"

내 발언에 마리아가 질문했다.

"선발조와 후발조로 나눴으면 하거든. 오늘은 마법을 정밀하게 쓰는 연습을 할 거니까 분명 놓치는 마물들이 있을 거야. 그걸 후발조가 잡아줬으면 해."

내가 그렇게 대답하자 지크 형이 대화에 끼어들었다.

"호오, 의외로 머리 좀 굴렸네."

"실례거든? 나도 모두가 위험해질 만한 훈련을 할 생각은 없어."

지크 형이 나를 대체 뭐라고 생각하는 건지 한 시간 정도 캐묻고 싶었지만, 당장은 시간이 없으니 어제 생각해둔 조를 발표했다.

"먼저 오그와 마리아."

"어? 시실리가 아니라?"

"뭐야, 메시나. 내가 파트너인 게 불만인가?"

"아, 아뇨! 그럴 리가요!"

오그는 분명 놀릴 생각으로 한 말일 텐데 마리아는 진지한 반응을 보였다.

"토르와 율리우스."

"뭐, 타당하겠네요."

"딱히 이의는 없소이다."

이쪽은 평소 그대로의 콤비다.

"마크와 올리비아."

"마크…… 확실히 지원해줘야 해?"

"응. 상처 하나 입게 하지 않을 거야."

이쪽도 요즘 들어서 왠지 점점 바보 커플이 되고 있는 것 같다.

아니, 그보다 마크는 올리비아와 말할 때만 말투에 위화감이 너무 심하잖아!

……아무튼 다음 조로 넘어가자.

"토니와 유리."

"잘 부탁해~ 토니 군."

"나야말로 잘 부탁해."

이쪽도 서로가 인기인이라는 걸 제외하면 평범한 조다.

솔직히 걱정되는 건…….

"앨리스와 린."

"예~!"

"평소대로. 문제없어."

응, 이 사고뭉치 콤비였다.

"린! 실수로라도 나한테 마법 날리지 마!"

"보증은 못 해."

"여기선 확실히 보증해줘야지!"

"농담이야."

"네가 말하면 농담으로 안 들리거든?!"

하아, 이 두 사람은 그냥 마음대로 하게 내버려두자.

말은 이렇게 하지만 결과는 늘 확실히 남기는 콤비니까 말이지.

……문제없겠지?

"그렇다면 저는 신 군이랑 한 조인가요?"

"응. 조금 생각이 있어서."

"그런가요."

시실리는 그렇게 말하더니 살짝 웃음을 터트렸다.

"왜?"

"아뇨. 신 군이 지원해준다고 생각하니 듬직해서요."

이 정도로 기뻐해준다면 얼마든지 해줄 수 있거든?

"응, 완벽하게 지켜줄 테니까 열심히 해보자."

"예!"

결국 나와 시실리도 마크와 올리비아 커플 못지 않게 꽁냥거리며 목적지를 향해 이동했다.

참고로 선발조는 오그, 토르, 마크, 토니, 앨리스, 시실리.

후발조는 마리아, 유리, 올리비아, 율리우스, 린, 그리고 내가 맡기로 했다.

"오, 있다 있어. 오늘도 마물이 잔뜩 있네."

집합 장소에서 목적지인 숲 속까지 오자 색적 마법에 마물이 대량으로 포착되었다.

"정말 이상사태로군. 어서 문제를 해결하지 않으면 전 세계가 마물로 넘쳐나겠어."

지크 형이 보기 드물게 진지한 표정으로 말했다.

본인의 색적 마법으로 확인한 거라 더더욱 강하게 실감이 된 모양이었다.

"그래서? 이제부터 어쩔 건가요?"

이번에 두 사람은 인솔자라기보다 동행자였다.

훈련 내용도 완전히 우리가 정한 대로라 크리스 누나가 상세를 물어보았다.

"마물은 마력에 끌려서 모여드는 습성이 있잖아?"

"그래. 마물은 마력을 지닌 생물을 습격한다는 설이 있지."

"그래서 이동할 때는 집단의 인원이 많을수록 마주치는 수가 늘어나는 겁니다."

대규모로 이동할 때 마물과 마주치는 확률이 높은 건 주로 이런 이유에서였다.

"그렇다면 이런 식으로 마력을 모으면……."

나는 마력을 대량으로 모은 후 마법으로 변환하지 않고 방치했다.

"야…… 잠깐! 잠깐 멈춰 서!"

"왜 그러죠? 지크."

탐색 마법을 전개 중인 지크 형이 경악했지만, 마법을 쓸 줄 모르는 크리스 누나는 상황을 파악하지 못했다.

"왜고 자시고! 지금 무지막지한 수의 마물이 몰려들고 있다고!"

그제야 크리스 누나도 화들짝 놀랐다.

마력은 바로 마법으로 변환하는 게 일반적이라 보통은 이런 식으로 모아둔 채 내버려두지 않는다.

하지만 마물이 마력에 반응하는 거라면 그 습성을 이용해서 이쪽으로 끌어들일 수도 있지 않을까 해서 써본 방법이었는데 아무래도 정답이었나 보다.

"다들, 마물은 파악했지?"

"그래."

"예, 괜찮아요."

선발조의 대답이 돌아왔다.

"그럼 아까 말한 대로 먼저 한 명이 소재에 흠이 생기지 않도록 공격하고 다른 한 명은 선발조가 놓친 마물이 파트너에게 접근하지 못하게 처치해줘. 이 경우에는 소재를 신경 쓸 필요는 없어."

내 말에 선발조 전원이 고개를 끄덕였다.

"좋아, 준비는 다 됐지? 그럼……."

모두가 페어를 짜고 준비를 갖춘 타이밍에 마물들이 사정거리 안에 들어왔다.

"쏴!"

선발조가 일제히 마법을 날렸다. 몇 마리 정도 소재가 엉망이 됐지만, 토벌 자체는 순조로웠다.

"아차! 앙~ 또 두 동강을 내버렸어~."

"앨리스는 아직 어설퍼. ……음."

앨리스가 놓친 마물이 마법의 포화를 벗어난 상태로 접근했다.

그것을 본 그녀의 파트너인 린이 그 마물을 향해 마법을 날렸다.

마물이 통구이가 될 정도로 거대한 불꽃을.

"앗, 뜨거! 린! 이런 가까운 거리에서 불꽃 마법 같은 건 쓰지 마!"

"괜찮아. 앨리스는 강한 아이."

"무슨 뜻인지 모르겠거든?!"

저긴 대체 뭘 하는 걸까? 아무튼 저쪽도 토벌 자체는 순조로웠다.

마물 소재도 멀쩡했으면 더 좋았을 텐데 말이다. 보조하는 쪽은 소재 상태를 신경 쓸 필요 없다고 말한 건 나였으니 어쩔 수 없다.

시실리도 내 지원이 있어선지 토벌에 전념하고 있었다.

가끔 이쪽으로 새어나오는 마물도 있었지만, 다른 후발조

멤버들도 문제없이 처리하고 있었다.

　잠시 후, 마물의 공세가 잦아들었다.

　"후우~! 피곤해!"

　"예상보다 소재가 더 엉망이 됐네."

　"흠, 이건 어렵군."

　"아아…… 아깝슴다."

　"이건, 제법 보람이 있는 과제로군요."

　"후후, 신 군 덕분에 집중할 수 있었어요."

　선발조인 앨리스, 토르, 오그, 마크, 토르가 저마다 감상을 피력했지만, 사실 그러고 있을 여유는 없었다.

　"자, 또 왔어. 선발조는 후발조랑 교대해."

　"뭐어?! 벌써?!"

　"마물은 우리를 기다려주지 않아."

　"신…… 너, 아까 마력을 모으지 않았어?"

　"기분 탓 아니야? 그보다, 온다!"

　사실 마리아가 지적한 대로였다.

　방금 몰래 마력을 모아서 마물을 부른 거였다.

　"자, 왔다! 발사!"

　후발조는 내 호령에 맞춰서 선발조와 같은 요령으로 마물들을 토벌했다.

　"아, 진짜! 마음의 준비도 안 됐는데!"

　"아아, 또 엉망이 됐어~."

"으으…… 아까워요."

"흡! 이게! 토르, 미안하오! 놓쳤소이다!"

"음, 실패했어."

준비를 마치고 마물을 대응한 선발조보다 준비 시간이 짧았기 때문인지 실수가 많았다.

"신 군은 굉장하네요. ……백발백중인가요."

그런 와중에 나는 뭐, 준비가 되어 있었으니 여유였다.

그리고 이런 식으로 부위를 파괴하지 않고 사냥하는 건 내 특기였다.

"뭐, 이 정도쯤이야. 옛날에는 새떼를 쏴 맞춘 적도 있었는걸."

"……그건 역시."

"새고기를 확보하려고."

원래 내가 사냥을 한 이유는 식재료를 확보하기 위해서였다. 결코 장난삼아 동물을 잡고 다닌 건 아니었다.

"작은 새에 비하면 이런 마물 같은 건 그냥 커다란 표적이나 다름없겠네요."

"그런 거지."

결국 마지막까지 집중력을 되찾지 못하고 마물 소재를 거의 다 망친 후발조는 크게 낙담했다.

"좀 더 제대로 준비할 수 있었더라면……."

"월포드 군, 너무해~."

내가 우는 소리를 하는 마리아와 유리를 달래려고 하자 크리스 누나가 먼저 입을 열었다.

"당신들은 적이 『지금부터 공격하겠다』고 선언해야만 싸울 수 있는 겁니까?"

"마법의 위력은 굉장하지만, 그런 부분은 역시 아직 애송이네. 전장에서 기습 같은 건 일상다반사라고?"

역시 지크 형과 크리스 누나는 내 의도를 눈치챈 모양이었다.

"일부러 준비 시간을 주지 않으려고 한 거야. 우리가 앞으로 싸워야 할 상대는 마물이 아니라, 마인…… 그것도 자의식이 있는 마인이잖아?"

우리의 설교를 들은 멤버들은 저마다 고개를 떨궜다. 오그조차 씁쓸한 표정이었다.

"지금까지는 정면으로 와 줬으니 다행이지만, 이렇게 오랫동안 잠잠한 걸 보면 저쪽도 뭔가 대책을 짜고 있는 게 아닐까? 그럼 지금까지처럼 편하게 이기는 건 어려울지도 몰라."

다들 그제야 퍼뜩 놀란 얼굴로 고개를 들었다.

"그렇게 된 후에는 늦어. 만약 그런 일이 벌어진다면…… 나는……."

나는 이 세계에서 처음으로 생긴 친구들은 아무도 잃고 싶지 않았다. 그러기 위해서라면 나는…….

"그런 고로 또 불렀어. 바로 저기까지 왔네."

"""뭐어어어어어?!"""

자자, 얼른 대응하지 않으면 마물들이 접근할 거라고?

"……신은 의외로 엄격한 구석이 있었구나."

"아앗! 벌써 왔어!"

마리아가 뜻밖이라는 얼굴로 그렇게 말한 순간, 앨리스가 마물의 도착을 감지했다.

"그래서…… 목표는?"

조금 전에 후발조의 상황을 지켜본 토니가 조심스러운 목소리로 나에게 물어보았다.

"물론 소재 확보지."

"""악마아아아아아아!"""

하하하, 소재는 확보하지 못해도 죽을 일은 없을 테니 고생 좀 해보라고.

"으으…… 힘들어요."

"아, 시실리는 이대로 교대하지 말고 계속 싸워."

"예에?!"

"그야 내가 끼면 훈련이 안 되잖아? 걱정하지 마. 지원은 확실히 해줄 테니까."

"흐에에에에에?!"

이러면 시실리의 실력도 오르겠지.

하하, 나처럼 약혼자를 아껴주는 사람은 세상에 또 없을걸?

"신이 사디스트였어……."

"의외였네요."

거기 인솔자들! 이상한 소리 하지 마!

"흐에에에에!"

시실리는 거의 울상이 돼서 싸웠다.

저런 얼굴도 귀엽네…….

"신이 변태였어."

"의외였네요."

거기 인솔자드으으을! 이상한 소리 하지 말랬지!

◆

"음! 하! 이거, 꽤 어렵구만!"

"흡! 하앗! 소재에 상처를 내지! 않는 게! 이토록 번거로울 줄은!"

인솔자로 따라온 지크 형과 크리스 누나도 지켜보기만 하는 건 지루하다고 해서 마물 토벌에 참가했다.

다른 사람들은 전부 마법사라 기사단 소속의 크리스 누나에게는 놓친 마물의 처리를 부탁했다.

그보다…….

"지크 형도 무영창 쓸 줄 알았어?"

"뭐?! 웃차! 그 멀린 님 스타일의 훈련법을! 계속 해봤더니 제어할 수 있는 마력이 늘어나……서! 언제부턴가 무영창으로 마법을! 쓸 수 있게 됐어!"

"흐응, 그렇구나."

"그보다! 너, 용케도 떠들! 면서! 마법을 그렇게 막 펑펑! 써대네?"

"익숙하니까?"

"그런! 거냐?"

어느새 지크 형도 무영창으로 마법을 쓸 수 있게 됐다.

제어할 수 있는 마력량도 전과 비교해 차원이 달랐다.

마력 제어 훈련을 꾸준히 해서 마력량이 늘어난 것만으로도 이 정도라면…….

"다들 하면 좋을 텐데."

"우리 마법사단에선! 이미 다들 하고! 있어!"

"그래? 잘됐네."

"처음에는 투덜거렸! 지만! 멀린 님과 네가 하는! 훈련법이라고 했더니! 다들 진지하게 시작하더라!"

역시 할아버지의 이름은 위대했다.

다들 마법 훈련 중 마력 제어 훈련을 가장 지겨워한다고 들었는데 말이다.

참고로 나는 마력을 제어할 수 있다는 것만으로도 엄청 즐거워서 마력 제어 훈련에 실증을 낸 적은 단 한 번도 없었다.

지금도 매일 하고 있을 정도니까.

그렇게 성장한 지크 형을 주목하고 있자, 이번에는 크리스 누나도 예상치 못한 행동을 보였다.

"받아랏! 좋아! 이틈에!"

"오옷?! 크리스 누나, 방금 그거 뭐야?"

사출한 익스체인지 소드의 칼날이 마물에 꽂힌 틈에 칼날을 교체하고 다음 마물을 향해 달려들었다.

뭐야 저게! 멋지잖아!

"칼날을 교환하는 사출용 스프링을 가장 강한 걸로 바꾼 겁니다! 칼날을 교환할 때는 빈틈이 생기니까요! 이왕 칼날을 사출할 수 있으니! 효과적으로 활용하지 않으면! 아깝잖아요?"

오오, 그 교환 기능에 이런 응용법이 있었을 줄이야.

칼날 교환도 공격 찬스로 삼은 건가.

"하지만 그럼 장착할 때 힘이 많이 필요하지 않아?"

"그 정도로 버벅댈! 훈련은 한 적 없습니다! 아…… 끝난 건가요?"

지크 형과 크리스 누나와 이야기하는 사이에 마물의 습격이 잦아들었다.

"음~ 오늘은 이 정도로 끝낼까?"

"완전히 녹초야!"

"하아…… 하아…… 신 군…… 이제…… 무리…….""

다들 완전히 진이 빠진 상태였다.

특히 시실리는 계속 교대 없이 싸우느라 다른 사람보다 훨씬 체력 소모가 심해 보였다.

"그럼 오늘은 여기까지 할까."

"하아…… 아무래도 지치는군."

"전력으로 마법을 쓰는 쪽이 차라리 편하겠어요."

오그와 마리아도 많이 지쳐 보였다.

요즘 들어서 편한 전투만 했으니 좋은 자극이 됐으리라.

"신 님은 역시 대단하시네요. 계속 지원만 했는데도 꽤 많은 수를 잡으셨잖아요?"

토르가 그렇게 말했지만, 사실 그리 대단한 일은 아니었다.

"그래? 이런 커다란 표적은 익숙해지면 놓치는 게 더 이상하잖아?"

"크다니…… 평소에는 대체 어떤 걸 잡길래 그래?"

"저런 거."

마리아의 질문에 실천으로 보여주려고 하늘을 올려다보았다.

저 먼 하늘 위로 날아가는 새가 보였다. 식용으로 쓰면 맛있는 새니까 저걸로 해볼까?

그 새를 향해 극소형 바람 칼날을 날리자, 곧 비행 중이라 무방비한 상태로 목이 잘린 새가 떨어졌다.

나는 또 바람을 조작해서 이쪽으로 떨어지게 유도한 후 손으로 낚아챘다.

그리고 그대로 발을 잡고 피가 빠져나오게 했다.

다들 지금까지 마물을 실컷 토벌했으니 잔인한 광경에는 익숙하겠지.

하지만 팀 멤버들은 아연실색한 얼굴로, 두 인솔자는 그리운 얼굴로 그 광경을 바라보았다.

"어? 나는 새라는 게…… 저렇게 쉽게 잡을 수 있는 거였어?"

"그럴 리가 없잖아. ……보통은 날기 전에 노리는 거라구."

앨리스의 의문에 마리아가 대답했다.

"날고 있는…… 더구나 저렇게 높이 있었던 새를 일격에……."

"여전히 비상식적인 마법 실력이구려."

토르와 율리우스도 어이가 없는 목소리로 말했다.

그런 와중에 아까 토벌 중에 나와 대화를 나누었던 시실리는 마침 뭔가를 눈치챈 모양이었다.

"신 군…… 아까 저걸 떼로 사냥했다고 하지 않았나요?"

"""떼로?!"""

"작은 새는 수가 많아야 다들 먹을 분량을 확보할 수 있었으니까. 둘 다 많이 먹었지?"

숲의 집은 매일은 아니어도 꽤 높은 빈도로 손님이 찾아오곤 했다.

특히 지크 형과 크리스 형은 아직 20대 초반이었으니 식사량도 왕성했다.

"그래, 꽤 맛있었지."

"먹기만 하는 건 미안해서 사냥에 따라가 봤지만……."

"이런 광경을 보게 됐으니 말이지."

"전혀 도움이 안 돼서 신이 잡은 사냥감을 회수하는 것만 도와줬습니다."

그랬었다.

하지만 당시에는 편하게 회수해서 좋다고 생각했을 뿐 두 사람의 표정은 눈치채지 못했었다.

설마 마음에 두고 있었던 건가…….

"뭐, 이 정도까지 하라는 건 아니지만, 마법을 정밀하게 쓸 수 있다면 쓸모 있을 때가 있을 거야. 예를 들면 마인이 일반인을 인질로 잡았을 때라든가…….'

"……확실히 그런 상황도 있을 법하군."

실제로 정밀 사격을 하는 모습을 보여줬더니 다들 의욕이 생긴 것 같았다.

오늘은 다들 완전히 녹초가 됐으니 다음 기회를 기대해야 겠지만 말이지.

그 후에 토벌한 마물더미를 나눠서 이공간에 수납한 우리 는 돌아갈 채비를 갖추었다.

"그럼 다들 가자. 시실리."

"예?"

"등에 업혀."

"아, 예에?! 저, 전 괜찮아요!"

"이중에서 가장 지친 건 너야. 그 원인이 된 건 나니까 이 정도쯤은 신경 쓰지 마."

"그, 그치만……."

"업히는 게 싫으면 공주님 안기로 해줄까?"

"등에 업힐게요!"

쳇, 공주님 안기도 괜찮을 것 같았는데 역시 좀 부끄러웠으려나?

나는 등에 업힌 시실리에게 부담이 가지 않도록 조심해서 달리기 시작했다.

"시실리, 오늘은 미안했어."

"왜요? 신 군."

"아니, 그게…… 오늘 너한테만 엄격하게 대해서……."

"예? 아, 그거라면 전혀 신경 안 써요. 오히려 신 군의 지원 덕분에 훈련할 시간이 늘어서 다행이었는걸요."

시실리는 진심이었으리라. 하지만 그런 상황으로 몰아붙인 건 다름 아닌 나였다.

"넌 치유 마법 훈련도 하느라 다른 멤버들보다 공격 마법을 훈련할 시간이 적잖아? ……그래서 이런 기회에 조금이라도 실력을 쌓아줬으면 했어."

"그것도 제가 지원한 거잖아요?"

"그래도야. 너에게 공격 마법을 훈련할 시간을 주지 않았는데 만약 무슨 일이 생긴다면…… 난 그게 가장 두려워."

"신 군……."

"그래서 너만 엄격하게 대한 건 내 어리광이었어. 그러니……

미안."

내 등에 업히지 않으면 안 될 정도로 체력을 소모한 시실리.

주위에서 편애라고 하든, 특별 취급이라고 하든 상관없었다. 나에게 소중한 건 그녀이므로.

"신 군…… 고마워요."

"시실리?"

시실리가 내 등을 꼭 끌어안았다.

"이런 일이 있을 때마다 신 군이 날 얼마나 소중히 여기는지, 사……사랑하는지 알 게 되는걸요."

내 마음은 전해진 모양이다. 다행이다.

"훈련은 힘들었지만…… 그래도 신 군이 날 생각해서 해준 일이니 열심히 해볼게요. 다음에도 잘 부탁드려요."

"무리라면 무리라고 말해도 돼."

"아니에요! 그야……."

거기서 잠시 말을 끊은 시실리는 새빨개진 얼굴로 내 귓가에 속삭였다.

"정말 좋아하는 신 군에게 칭찬을 받고 싶은걸요……."

…….

뜨거워! 얼굴이! 몸이!

꼭 매달린 그녀를 등으로 느끼며 귓가에서 그런 말을 속

삭이면…….

"너희는…… 이럴 때까지 꽁냥거리는 거냐?"

"바보 커플의 귀감이네요."

"둘이서 얼굴이 완전히 새빨개졌어! 대체 무슨 이야기를 한 걸까?!"

나도 내 얼굴이 수증기가 피어오를 정도로 달아올랐다는 것을 자각했다.

그러니 주위에서도 눈치채는 게 당연했다.

덕분에 오그, 토르, 앨리스에게 놀림당했다.

"하아…… 동생이 청춘 가도를 달리고 있군. 나도 슬슬 짝을 찾아볼까."

"제 상대는 어디에 있는 걸까요?"

"……없지 않을까?"

"죽고 싶나요?"

"……일일이 그런 식으로 나오면 정말로 받아줄 사람이 없을걸."

"펴, 평소와 반응이 다르면 저도 뭐라 반응해야 할지 곤란하잖아요!"

저쪽은 그냥 내버려둬야겠다.

아니, 솔직히 저 두 사람은 알고 지낸 기간도 길고 의외로 호흡도 맞는 편이니 잘 어울린다고 생각하지만…… 굳이 언급하지는 말자. 성대한 싸움이 벌어질 게 불 보듯 훤하니까.

계속 놀림당하느라 창피해져서 고개를 들지 못하게 된 시실리가 내 등에 더 밀착하는 것을 본 크리스 누나를 비롯한 솔로 여성진이 분통을 터트릴 뻔 하기도 하면서 우리는 결국 목적지에 도착했다.

"오, 왔…… 잠깐! 혹시 클로드가 다친 거냐?!"

"그게 선생님! 제 말 좀 들어주세요!"

앨리스가 희희낙락한 얼굴로 이렇게 된 경위를 설명했다.

"때와 장소를 가리지 않고 꽁냥거린 결과인가……. 하긴, 월포드에 지크와 크리스가 있는데 만에 하나의 일이 일어났을 리 없겠군."

놀랍게도 지크 형과 크리스 누나에 대한 알프레드 선생님의 평가는 굉장히 높았다.

"오, 의외로 고평가네요. 선배."

"넌 성격은 그렇다 쳐도 실력은 인정해. 크리스는 언급할 것까지도 없고."

"감사합니다, 마커스 씨. 기혼자가 아니셨다면 구혼했을지도 모르겠네요."

"그! 그그, 그건 또 무슨 소리야! 정신 나갔어?!"

크리스 누나의 묘한 발언에 선생님이 당황했다.

아니, 그보다 선생님. 기혼자였구나.

"아~ 저 녀석이라면 신이 저러는 걸 보고 옆구리가 허전해진 모양이라서요."

지크 형이 크리스 누나가 이상해진 이유를 설명했다.

"……아, 저 두 사람이라면 뭐…… 저 녀석들이 꽁냥거리는 걸 보면 나도 가끔 이상할 정도로 아내가 만나고 싶어질 때가 있긴 해."

"선배도요?"

"『도』라면 너도 그런가. 너는…… 누가 떠오르더냐?"

"으음…… 글쎄…… 누굴까요."

"……이래서 난 마법사단과 안 맞는 거라고."

알프레드 선생님과 지크 형의 대화를 듣고 생각 난 거지만, 혹시 선생님이 마법사단을 그만둔 이유는 경박함이 옳을 것 같아서가 아니었을까?

선생님은 성실해 보이니 말이다. 나중에 기회가 있으면 물어봐야겠다.

"그래서? 성과는 어땠지?"

그 말에 모두 풀이 죽은 표정을 보였다.

"뭐, 뭐야? 왜 그래? 뭔가 실수라도 한 거야?"

이 멤버들이 점점 상식을 벗어난 집단으로 변모하고 있다는 걸 잘 아는 선생님은 당황할 수밖에 없었으리라.

"그게 말예요, 선생님!"

"이것 좀 봐주세요~!"

앨리스와 유리가 이공간에서 토벌한 마물을 꺼냈다.

이어서 다른 멤버들도 회수한 마물의 시체를 이공간에서

꺼내기 시작했다.

그 수는…… 모이고 모여 작은 산을 이룰 정도였다.

"처음에는 충분히 준비하고 싸워서 나름 깔끔하게 잡았지만……."

"중간부터 신이 준비할 시간을 안 줘서!"

"그때부터는 소재를 거의 다 망쳐버렸어요~."

저마다 처음 목표였던 깔끔한 소재 획득에는 실패했다고 성토했다.

하지만 알프레드 선생님은 산더미처럼 쌓인 마물들을 보고 그저 입만 떡 벌릴 뿐이었다.

주위에서도 술렁거리는 게 느껴졌다.

하지만 다른 멤버들은 눈치채지 못했다.

주위와 감각이 어긋나기 시작한 건가?

……혹시 내 탓? 나도 처음에는 저랬는데…….

"이만한 양의 마물을 사냥했는데도…… 만족하지 못했다고?"

"원래 우리의 목적은 마물 소재에 흠집을 내지 않고 잡는 거였으니 말이다. 숫자는 논외야."

"그렇다 쳐도…… 이 양은……."

그러고 보니 마물을 사냥하는 건 대부분 학교를 졸업한 후에나 가능하지 우리 나이 또래에선 거의 불가능한 일이라고 들은 적이 있었다. 그런데도 이만한 양을 사냥해왔으니…… 놀라는 게 당연하겠지.

"말해두지만, 신. 군에서도 이만한 양을 사냥하는 건 거의 없어."

"이만한 양을 사냥할 수 있는 것 자체가 이상한 일입니다. 자각하세요."

댁들도 저 산더미를 만드는 데 한 몫 거들었거든?

"그건 그렇고 이렇게 많은 소재가 한꺼번에 풀리면 시세가 무너지지 않을까?"

"괜찮을 거예요. 그런 건 헌터 협회에서 알아서 잘 할 테니까요."

"전 잘 모르겠군요."

마법사인 알프레드 선생님과 지크 형은 산더미처럼 쌓인 마물을 보고 경제에 미칠 영향을 걱정했지만, 크리스 누나에게는 어려운 이야기였나 보다.

지크 형이 그 말을 듣자마자 히죽 웃었다.

"근육 뇌에게는 좀 어려웠나?"

"……죽고 싶나요?"

또 성대하게 벌어진 두 사람의 싸움을 지켜보면서 마물 토벌 훈련 첫날이 막을 내렸다.

◆

"방금 막 귀환했습니다."

신 일행의 인솔을 마치고 군무국에 돌아온 크리스티나는 바로 군무국장실로 이동했다.

"오, 왔군. 헤이덴. 그럼 바로 월포드 군 일행의 실력이 어느 정도였는지 보고해줄 수 있겠나?"

도미니크의 말대로 그녀의 목적은 인솔만이 아니라 신 일행의 실력을 직접 눈으로 보고 파악하는 것도 있었다.

"보고……입니까. 이걸 대체 어떻게 설명해드려야 좋을지……."

그래서 바로 요청했지만, 크리스티나는 고민하는 기색을 보였다.

"왜 그러지? 그렇게 설명하기 어려운 일인가?"

"설명하기 어렵다기보단…… 말씀드려도 과연 믿으실 수 있을지 모르겠습니다."

"……대체 무슨 일이 있었지?"

도미니크가 재차 묻자 크리스티나는 자신이 직접 본 광경을 사실대로 설명했다.

"토벌한 마물로 작은 산을 이룰 정도였다고?"

"예, 게다가 소재에 흠집이 나지 않도록 조심하면서 싸우더군요. 만약 그걸 신경 쓰지 않고 싸웠다면…… 여태껏 늘어날 대로 늘어난 마물들을 모조리 섬멸했을 겁니다."

보고를 들은 도미니크는 잠시 생각에 잠긴 후 질문했다.

"……자네는 얼티밋 매지션즈를 전열에 넣는다면 어디쯤이 좋을 것 같다고 생각하나."

크리스티나도 잠시 고민한 후 자신의 의견을 밝혔다.

"각 개인이 단독으로 전력으로 성립하므로…… 그 아이들은 독립 전력으로 따로 구분하시는 편이 낫지 않겠습니까?"

도미니크가 이런 질문을 한 데에는 사정이 있었다.

삼국 회담 후, 세계 연합을 결성하는 자리에서 어디에 어떤 전력을 배치할지 제안할 필요가 있었기 때문이다.

얼티밋 매지션즈를 알스하이드의 고유 전력으로 삼지 않겠다고 명언하기는 했지만, 그들은 엄연히 이 땅에서 태어나고 자란 알스하이드 왕국민이다.

그런 그들의 전력을 파악해두는 건 알스하이드에 주어진 의무라고 해도 과언이 아니었다.

그 조사 결과 팀 전원이 상식을 초월한 힘을 가지고 있다면…… 대체 어디에 배치해야 좋을지 고민거리가 끊이지 않았다.

"게다가 지금 알스하이드 마법사단은 멀린 님 스타일의 훈련법으로 전력이 계속 강화되고 있는 모양이니…… 방심하다간 저희가 왕국의 가장 큰 약점이 될지도 모릅니다."

도미니크는 벌레를 씹은 듯한 표정을 지었다.

군에 입대한 후로 마법사들과 수많은 공동전선을 펼쳐온 그였지만, 근본적으로는 역시 마법사들에게 뒤처지는 건 마땅치 않은 모양이었다.

"……그런 경박한 놈들에게 뒤처질 수는 없지!"

하지만 딱히 마법사의 존재 자체에 불만을 가진 건 아닌 것 같았다.

"어찌하면 좋겠나. 일단 안면몰수하고 월포드 군에게 바이브레이션 소드의 제작 의뢰를 넣는 편이 낫겠나?"

"그건 그만두시는 편이 현명할 겁니다."

도미니크는 진지하게 고민하고 한 말이었지만, 크리스티나가 즉시 반대했다.

"어째서지?"

신과 토니의 주무기인 바이브레이션 소드.

그 무기를 개량하는 과정에서 나온 아이디어가 바로 현재 군의 제식 장비로 채용된 익스체인지 소드였다.

그래서 도미니크도 당연히 존재를 알고 있었고 신이 슈투름과 처음에 싸울 때도 그 성능을 직접 눈으로 보기까지 했다.

마도구이긴 해도 위에서 채용을 미룬 이유를 아직도 납득하지 못하고 있었다.

"그건 신 말고는 부여할 줄 아는 사람이 없는 것뿐이지 딱히 기술 자체를 비밀로 하고 있는 건 아닌 것 같습니다만……."

"그럼 뭐가 문제라는 겐가."

신이 개발한 마도구 중에는 유독 그밖에 만들 수 없는 물건이 많은 편이었다.

회로의 개발로 지금은 많이 완화되기는 했지만, 통신기나 바이브레이션 소드 같은 건 역시 아직도 신 외에는 마법을 부여할 수 있는 사람이 없었다.

하지만 크리스티나의 말에 따르면 딱히 비밀 기술인 것도 아니라는 모양이다.

그럼 대체 뭐가 문제라는 것일까.

도미니크는 더더욱 이해할 수가 없었다.

"······실은 저도 나이프이긴 해도, 신에게 받은 게 있습니다."

"그래?!"

신에게 받았다는 건 부탁하면 만들어줄 가능성이 있다는 뜻이었다. 도미니크의 얼굴에 화색을 돌았지만, 크리스티나의 표정은 여전히 시원치 않았다.

"총장님, 이 방에 혹시 잘라도 되는 단단한 물건은 없습니까? 예를 들면 훈련용 목검이나······."

"그런 거라면······ 잠시 기다리게. 아, 여기 있군."

도미니크는 자신의 사물함에서 훈련용 목검을 찾아 꺼냈다.

"훈련 중에 금이 가서 버리려고 하다가 둔 걸세."

그리고 크리스티나에게 건넸다.

"한 번 보십시오."

크리스티나는 품속에서 나이프를 하나 꺼냈다.

"그건가?"

"예. 바이브레이션 소드…… 이 경우에는 바이브레이션 나이프겠지만 말입니다."

그리고 나이프에 마력을 담았다.

마법을 쓸 줄 모르는 크리스티나였지만, 마도구를 기동하는 것 정도는 이 세계의 인간이라면 누구나 할 수 있는 일이었다.

"갑니다."

그렇게 말하고 나이프의 칼날 부분을 목검에 가져다댔다.

"오, 오오!"

단단한 훈련용 목검이 마치 버터처럼 간단히 잘렸다.

오른쪽에서 왼쪽으로, 왼쪽에서 오른쪽으로 왕복할 때마다 아무런 저항도 없이 슥슥 잘려나갔다.

처음부터 놀란 얼굴로 그 광경을 지켜본 도미니크는 그제야 크리스티나가 말하고자 하는 바를 눈치챘다.

"전혀 힘을 들이지 않았습니다. 그런데도 절삭력이 이 정도입니다. 확실히 굉장하지만……."

"……이것에 의지하면…… 우리 기술은 의미를 상실하겠군."

"예. 이건 굳이 기사단에서만 쓰지 않아도 되는 무기입니다."

힘을 주지 않아도 무엇이든 벨 수 있는 절삭력.

검술에는 형(型) 같은 기술도 있긴 하지만, 원래 목적인 『상대를 베는 것』에 한해서라면 이 검이 존재하는 한 전부 가치를 잃고 마리라.

『검을 휘두를 수 있기만 하면』어린애도 강철을 벨 수 있으므로.

처음에는 기대 어린 눈이었던 도미니크도 기사의 기술을 근본부터 부정하는 이 무기를 지금은 다른 시선으로 보기 시작했다.

"……정말로 우리가 가장 큰 약점이 될지도 모르겠군."

도미니크가 분함과 자책으로 벌레를 씹은 듯한 얼굴을 했지만, 크리스티나는 바로 이의를 제기했다.

"그렇지는 않습니다. 이걸 봐 주십시오."

"신발? 그게 뭐가 어쨌다는 거지?"

"이건 얼마 전에 오픈한 월포드 상회에서 판매 중인 제트 부츠라는 물건입니다."

사실 크리스티나는 비데가 달린 변기와 냉장고 외에 제트 부츠도 구입했었다.

"솔직히 처음에 신이 만든 걸 봤을 때는 필요 없다고 생각했습니다만…… 실제 전투에서 제대로 써 보니 무척 유용하더군요."

"그러고 보니…… 슈투름과 월포드 군이 싸울 때도 그걸 썼었지. 평면뿐만 아니라 공중까지 포함한 입체적인 움직임을 보일 때."

"그런 겁니다. 뿐만 아니라 돌진력도 늘어납니다. 그러니 이걸 기사단에 도입해서 전력 증강을 노리는 건 어떠실는지요."

돌진력의 증강뿐만 아니라 기사는 손에 넣을 수 없었던 도약력이라는 힘.

확실히 제트 부츠라면 자신들의 검술을 살리는 데 큰 도움이 되리라.

그렇게 판단한 도미니크는 즉시 결단을 내렸다.

"……좋다. 월포드 상회에 발주하지. 앞으로는 제트부츠를 쓰는 특훈을 하는 거다! 헤이덴, 지도를 부탁하마."

"예!"

이렇게 해서 알스하이드 기사단의 제식 장비에 제트 부트의 도입이 결정되었다.

"루퍼 놈, 이걸로 우리가 약점이라는 소리를 지껄일 수 없겠지!"

기사단 총장은 마법사단장인 루퍼 올그란에게 대항심을 불태웠다.

한편, 그 당사자인 루퍼는 뭘 하고 있었느냐면…….

"오, 왔냐. 지크프리트. 그래서? 월포드 군 일행의 훈련은 어땠지?"

마법사단에서도 훈련에서 귀환한 지크프리트를 단장인 루퍼 올그란이 맞이했다.

"어쩌고 자시고 할 게 있겠습니까. 더 비상식적인 집단이 되어 있더군요."

지크는 조금 전까지 보고 온 지금까지의 상식을 뒤엎는 광경을 설명했다.

"……난 월포드 군이 싸우는 것밖에 못 봤다만, 다른 애들은 어때? 다들 그런 느낌인가?"

"아마 예상하신 대로일 겁니다. 무영창으로 마법을 펑펑 써대질 않나, 마물을 토벌해도 깔끔하게 못 잡았다고 분해하질 않나, 그만한 양을 사냥했으면서 좀 지친 정도로 끝나질 않나……."

수차례에 걸친 전투에서 마주친 마물들을 모조리 해치웠으면서도 시실리 외에는 약간 지친 정도로 끝났던 것도 믿을 수 없는 광경이었다.

"그만한 양……이라는 게 대체 어느 정도야? 좀 더 자세히 설명해 봐."

하지만 구체적인 숫자를 듣지 못한 루퍼가 실감을 못하자 지크프리트는 단번에 알 수 있도록 대답했다.

"흠…… 지면에서 저 2층 창문 정도까지 마물이 산처럼 쌓일 정도였죠."

구체적으로는 마법사단 본부의 2층에 있는 단장실의 창문을 가리켰다.

"뭐?"

그 황당무계한 대답에 루퍼는 무심코 얼빠진 목소리로 대답하고 말았다.

"그것도 그냥 있는 대로 막 꺼냈으니…… 옆으로도 규모가 상당했죠."

"……대체 몇 마리나 잡은 거냐?"

"글쎄요? 정확히 세진 않았지만, 아마 2백은 넘었을 겁니다."

중간부터 자신도 토벌에 참가하느라 숫자를 세는 걸 중지했기 때문에 아무튼 엄청 많았다고만 인식했다.

"……열대여섯 살의 아이들이지?"

"그렇겠네요. 고등 마법학원의 1학년들이니까요. 다만 뭐, 신을 제외한 아이들의 실력을 따지자면…… 신이 열 살이었을 때와 대충 비슷하지 않을까요?"

"……그럼 월포드 군의 경지는 대체 어느 정도라는 거야?"

그런 비상식적인 인물들이 고작 열 살 때와 비슷한 실력이라고 하니 루퍼로선 지금 시점에서 신의 힘이 어느 정도인지 신경 쓰이지 않을 수가 없었다.

"그거야 당연히 모르죠. 멀린 님께선 본인을 아득히 뛰어넘었다고 하셨으니 아마 인류 역사상 최상위에 해당하지 않을까요?"

어릴 때부터 자주 돌봐주긴 했지만, 놀랐던 건 늘 사냥의 성과뿐이었다.

실제로 신의 마법 실력을 어느 정도나마 알게 된 건 그의 열다섯 살 생일 때가 처음이었다.

그때까지 신이 사냥 외의 목적으로 마법을 쓰는 건 본 적이 없었다.

꽤 정밀한 마법을 쓴다는 인식은 있었지만, 설마 이 정도의 실력자일 줄은 꿈에도 몰랐다.

그런 지크프리트의 의견을 들은 루퍼는 깊이 한숨을 내쉬었다.

"용케도 이런 시대에 딱 맞춰서 태어나줬군. 월포드 군이 없었다면 과연 세상이 어떻게 됐을지……."

"동감입니다. 왠지 신(神)이라는 게 정말로 이 세상에 존재해서 이런 시나리오를 쓴 게 아닐까 하는 생각이 들었을 정도예요."

"……그런 소리는 창신교의 신자(神子) 앞에선 하지 마."

"당연하죠."

신 월포드라는 규격을 벗어난 존재가 등장하는 동시에 출현한 올리버 슈투름이라는 사상 최초의 자의식을 지닌 마인.

이 너무나도 공교로운 상황에 신(神)의 존재를 확신하게 된 자들도 적지 않았다.

일부에서는 신의 사도가 아닐까 하는 말도 나올 정도였다.

"이대로면 월포드 군에게 공적을 전부 빼앗기겠군. 우리도 질 수는 없지."

"예."

"좋았어! 그렇게 정했으면 특훈이다! 지크, 따라 와!"

"예? 아뇨, 전 오늘 이미 실컷 했는데……."

"평범한 방식으로 월포드 군을 따라잡을 수 있겠냐! 됐으니까 와!"

"자, 잠깐만요오오오오오!"

지크프리트의 목덜미를 잡은 채 끌고 가는 루퍼의 안중에 기사단은 존재하지도 않았다.

◆

우리는 오늘도 기사학원과의 합동 훈련에는 참가하지 않고 단독으로 마물을 토벌하기로 했다.

오늘도 지크 형과 크리스 누나가 인솔자로 오지 않을까 싶었지만, 놀랍게도 오늘 나타난 건 마법사단장인 루퍼 올그란 씨였다.

갑작스러운 알스하이드 왕국 마법사의 톱이 등장하자 마법학원생들은 당황하고 위축되었다.

그야 당연하다면 당연했다.

마법학원생은 굳이 따지자면 아직 병아리조차 되지 못한 수정란이었다.

그런 수정란들 앞에 난데없이 새들의 대장이 등장했으니 위축되지 않을 리 없었다.

"어라? 올그란 씨? 지크 형은 어쩌시고요?"

"그 녀석은 원래는 폐하의 호위야. 너희 훈련만 특별히 인솔을 맡았던 거다."

"흐응, 그랬군요."

그렇다면 어제 지크 형과 크리스 누나가 동행했던 건 뭔가 다른 의도가 있었던 걸까?

"저번 훈련에 동행해서 호위 겸 인솔자는 필요 없다는 결과가 나왔다만…… 아무리 격이 다른 실력을 지녔다고 해도 너흰 아직 학생이니 인솔자는 필요하다는 말이 나와서 오늘은 내가 온 거다."

호위는 필요 없지만, 학생들만 마물을 토벌하러 보내는 건 너무 무책임하게 보인다는 뜻이리라.

어찌 됐든 어른의 동행은 필요했고 그래서 오늘 마침 나온 사람이 마법사단장이라고?

……어? 뭔가 좀 이상하지 않나?

"하지만 그런 거라면 굳이 올그란 씨가 아니어도 되는 거 아닌가요?"

"뭐, 그건 그렇다만 내가 너희의 실력을 직접 내 눈으로 보고 싶었기도 해서야."

"그런가요? 보셔도 딱히 재미있을 것 같지는 같은데요."

"그게 무슨 소리냐. 팀 전원이 훈장을 받을 정도의 집단이잖아? 관심을 안 갖는 게 더 이상할 정도라고."

"그런 건가요……."

"그런 거다."

올그란 씨는 개인적으로 우리에게 관심이 있어서 인솔자 역에 지원한 모양이었다.

그럼 딱히 상관없으려나?

우리의 행동에 뭔가 제한을 걸려는 것도 아닌 것 같으니 말이다.

나는 어느 정도 납득했지만, 오그는 올그란 씨에게 쓴소리를 했다.

"올그란. 넌 내가 신과 같이 있으니 뭔가 착각한 걸지도 모르겠다만…… 이중에서 너와 제대로 대화를 나눌 수 있는 건 나와 신뿐이다. 학생들 사이에 한 집단의 수장이 끼는 게 얼마나 비상식적인 행동인지 자각하도록."

"그건 알고 있습니다만……."

올그란 씨는 목소리를 낮추고 말했다.

(도미니크가 얼티밋 매지션즈의 전력을 제 눈으로 직접 파악해달라고 하더군요. 이번 연합 회의에서 작전을 세울 때 필요하다면서요.)

(그런 거였나. 그건 이해했다만, 너무 주제넘게 참견하지는 말도록.)

(알고 있습니다.)

"무슨 이야기야?"

"아니, 아무것도 아니야."

"음, 잠시 일 이야기였다. 그럼 슬슬 가볼까? 너희가 싸우는 모습을 보고 싶군."

"""""아, 예!"""""

예상대로 다들 올그란 씨의 동행에 긴장한 모양이었다.

나는 올그란 씨가 할머니 앞에서 고개를 못 드는 걸 본 적도 있었고, 한 조직의 수장이라는 생각이 들지 않을 정도로 평소에도 털털하게 말을 걸어줘서 그런지 그리 긴장되지는 않았다.

우리는 장래에 마법사단과는 다른 계통의 조직이 될 테니 될 수 있으면 이번 기회에 팀 멤버들과 거리가 가까워졌으면 하는 바람이다.

그런 생각을 하며 이동하는 사이에 어제와 같은 장소에 도착했다.

뒤에서 따라오는 올그란 씨는 꽤 지친 기색이었다.

"하아! 하아! 페이스가 좀…… 빠르지 않나?"

"그런가요? ……아, 다들 이걸 쓰고 있어설지도 모르겠네요."

"이거?"

내가 가리킨 건 모두의 발, 즉. 전원이 신고 있는 제트 부츠였다.

"저건…… 분명 월포드 군이 신고 있는, 상대와의 거리를 좁히거나 공중에서도 방향 전환이 가능한 물건이던가?"

"예. 그러고 보니 슈투름과 싸울 때 썼으니 보셨겠네요."

"그래서? 다들 저걸 신고 있다는 건…… 모두 접근전도 가능하다는 소리냐?"

보통은 그렇게 생각하는 게 당연하리라.

하지만 다들 제트 부츠를 신고 있는 건 사실 다른 이유 때문이었다.

"배구……."

"음? 배구라면 그거? 너희가 리텐하임 리조트에서 했다는 놀이?"

"예. 그 배구에서 제트 부츠를 쓰면 재미있겠다는 말이 나와서 다들 신기 시작한 건데……."

솔직히 이 이유를 밝히는 건 좀 꺼려졌다.

하지만 나와 토니 외에 근접전을 기대하면 곤란하니 처음부터 오해를 사지 않도록 진실을 전하는 편이 나을 것 같았다.

모두가 제트 부츠를 신고 있는 이유를 들은 올그란 씨는 기가 막힌 표정을 지었다.

그야 당연하겠지.

"설마 쓰는 데 익숙해지려고……."

"저희는 기본적으론 고정 포대니까요. 전투 중에는 안 쓸 겁니다. 다만, 평소에 접근전도 하는 저와 토니가 배구에서도 제트 부츠를 잘 쓴다는 게 화제가 돼서…… 역시 실제로 쓰지 않으면 능숙해지지 않을 테니 이걸 신고 이동하자는 말이 나왔거든요."

"어제도 훈련한 장소인데 왜 게이트를 쓰지 않는 건지 의

아했다만, 그렇군. ……제트 부츠에 익숙해지기 위해서였나."

"……죄송합니다."

"아니…… 솔직히 훈련 중에 대체 무슨 생각이냐고 말할 뻔했다만, 이것도 실전에 도움이 될 거라고 생각하니 무턱대고 화를 내기도 좀 그렇군."

실제로 그렇다는 게 문제였다.

제트 부츠를 쓰기 시작한 건 매지컬 발리볼 때문이었지만, 익숙해지면 전투에 유리해진다. 전투뿐만 아니라 방금처럼 이동할 때도 체력을 소모하지 않게 된다.

실제로 신체 강화를 쓰고 따라온 올그란 씨도 숨을 헐떡이는데 다들 멀쩡하지 않은가.

다른 멤버들도 게이트를 쓸 줄 알지만, 부유 마법은 못 쓰니 개별로 이동할 때는 활약할 것 같았다.

"이동용 마도구인가……. 우리는 비실비실한 녀석들이 많으니 도입을 검토해봐야겠군."

마법사단장이 대놓고 비하하다니…… 아니, 그보다.

"그러고 보니 기사단에서 제트 부츠를 대량 주문했다던데요."

"뭐? 기사단에서?"

"예, 돌진력이 향상될 테니까요. 검을 쓰는 사람에겐 전투용으로 쓸모가 있거든요."

"……도미니크 자식, 나한테는 말 한 마디도 안 하고……."

"하지만 기사단이라면 말을 타잖아요? 제트 부츠를 쓰면 말이 필요 없어지는 게……."

자고로 말을 타야 기사.

그 외에는 검사나 병사로 불리지만, 나는 제트 부츠를 쓰면 더 이상 기사로 부를 수 없는 게 아닐까 하고 걱정스럽게 물어보았다.

"인간이 상대인 전쟁이라면 기마는 큰 무기가 되지만, 마물 상대로는 딱히 그렇지도 않아."

"말에서 내려서 싸우는 편이 더 편한가요?"

"그런가 보더군. 뭐, 난 말을 이동할 때밖에 안 타니까 자세한 건 모르겠다만."

듣고 보니 그랬다. 마물은 움직임이 잽싸니 마상에서는 공격하기 어려울지도.

참고로 기사는 신분을 가리키는 말이기도 하니 말에서 내려도 딱히 기사가 아니게 되는 건 아니라고 한다.

"그래서? 이제부터 어쩔 거지? 마물이 다가오는 걸 기다릴 거냐. 아니면 찾으러 갈 거냐."

"아, 그건……."

나는 어제와 같은 요령으로 마력을 모아서 마물을 유인했다.

자, 그럼 오늘도 소재 수집 사냥을 시작해보실까.

◆

"……지크프리트가 아연실색할 만 하군. 뭐야 이건?"

우리는 도합 네 차례나 마물을 유인해서 어제와 같은 편성으로 마물을 토벌했다.

오늘은 마음가짐부터 다른 건지 다들 당황하지도 않았고, 어제보다 소재로 수집할 수 있는 것도 늘어났다.

"음~ 아직 성공률은 4할 정도려나?"

"토니는 그나마 낫지! 난 2할 정도라구!"

"그건 자랑할 수 없겠네."

토니와 앨리스가 말하는 건 흠집을 내지 않고 깔끔하게 잡은 비율이었다.

너무 그렇게 깔끔하지 않아도 어느 정도의 상태라면 더 높은 확률로 사냥할 수 있었다.

어제와는 전혀 달랐다.

"이, 이런데도 만족하지 못하는 거냐? 소재로 충분히 팔 수 있을 텐데? 극상품까지 섞여있고……."

"우리 목표는 전부 극상품으로 사냥하는 거다. 그렇게 생각하면 한참 멀었어."

"전부 극상품이라니…… 그게 대체 무슨 말씀이십니까, 전하. 그런 건……."

"신이 잡은 마물을 봐."

"……."

"10할이 극상품이다. 이런 걸 보여주는데 벌써 만족할 수 있겠나?"

표적이 큰 덕분인데.

"후우…… 하아…… 역시 신 군은 굉장해요. 목표가 보이니 훈련에도 더 기합이 들어가는걸요!"

오늘은 4연전 중인 시실리가 숨을 몰아쉬며 말했다.

그녀도 오늘은 사전에 모든 토벌전에 참가하는 걸 알고 있어선지 어제보다 체력 배분이 잘 된 모양이었다.

다만, 마법을 쓸 데는 집중력이 필요하므로 장시간 동안 계속 쓰면 역시 지치기 마련이다.

하지만 그 덕분인지 시실리의 공격 마법은 전보다 위력과 정밀도가 약간 발전해 있었다.

"공격 마법도 꽤 능숙해졌네. 위력이 아직 부족한 감이 있지만, 이 상태로 노력해보자."

"예!"

본인도 실감이 되는지 웃는 얼굴로 대답해주었다.

"그 아가씨는…… 성녀지? 치유 마법이 특기인데 공격 마법도 굉장하다니…… 이게 대체 무슨 노릇인지 모르겠군."

올그란 씨가 의아해하는 것에는 이유가 있었다.

이 세계의 마법에는 게임 같은 데서 흔히 보는 속성은 존재하지 않았다. 이미지만 할 수 있으면 어떤 마법이든 쓸 수 있다.

그럼 치유 마법이란 무엇인가.

치유 마법은 상처나 병이 든 사람을 낫게 해주고 싶다는 강한 자애심으로 발동하는, 조건이 약간 모호한 마법이다.

하지만 실제로 치유 마법은 존재했고 치료된 환자들도 주위에서 쉽게 찾아볼 수 있다.

아마 강한 『치유의 이미지』에 마력이 반응해서 발동하는 게 아닐까 싶었다.

그래서 치유 마법이 특기인 사람은 착하고 자애로운 사람이 많았다.

타인을 상처 입히는 걸 싫어하니 공격 마법에 서투른 사람이 많은 것이다.

하지만 내 치유 마법은 인체의 구조를 이해하고 쓰는 마법이라 자애심과는 관계가 없었다.

공격 마법도 마찬가지였다. 공격적인 성격이라 공격 마법이 강력한 건 아니었다.

시실리는 나에게서 인체……라기보다 생물의 구조를 배우면서 치유 마법을 훈련하고 있다.

가끔 사냥에 데려가기도 하면서.

처음에는 자주 토하기도 했지만, 요즘은 많이 익숙해졌고 치유 마법 실력도 상당히 향상되었다.

그런 내 마법의 원리는 오그가 팀 멤버들 외에는 가르치지 말라고 해서 거의 알려지지 않았으니 올그란 씨의 눈에는 시실리가 무척 신비한 존재로 보이는 게 아닐까 싶었다.

"올그란 씨. 일단 오늘은 이만하고 갈까 싶은데, 괜찮을까요?"

어제와 비슷한 양의 마물을 사냥했으니 슬슬 돌아가자고 제안했다.

그건 그렇고 어제도 잔뜩 사냥했는데 이 정도라니, 대체 마물이 얼마나 늘어난 건지 모르겠다.

"아, 그래. 이만큼 사냥했으면 뭐라 할 놈도 없겠지. 뭐, 실제로는 사냥한 숫자보다 내용 쪽이 더 굉장하다만."

"그런가요? 아직 먼 것 같은데요."

"……목표가 너무 높잖아."

딱히 그렇지도 않은 것 같은데 말이지.

실제로 베테랑 헌터들은 이런 방식으로 사냥한다는 모양이니까.

"그건 그렇고 시실리, 오늘도 업고 가줄까?"

"무척 매력적인 제안이지만…… 저도 이 신발에 익숙해지고 싶으니 오늘은 자력으로 돌아갈게요."

"그런가. 유감인걸. 시실리가 부드러워서 업고 가고 싶었는데."

"예? 앗! 신 군은 변태!"

시실리는 그렇게 말하며 날 토닥토닥 때렸다.

음, 정말로 유감이었다.

"이게 저만한 양의 마물을 토벌한 후의 분위기라니……."

"올그란, 저 두 사람에 관해선 깊이 생각하지 마. 때와 장소를 가리지 않는 게 모토인 녀석들이니까."

"진정한 바보 커플이거든요."

"바보 커플의 귀감."

"킹 오브 바보 커플이네!"

왠지 굉장한 칭호를 받고 말았다.

시실리는 당연히 내 뒤에서 부끄러움을 참지 못하고 괴로워했다.

◆

알스하이드 왕국 마법사단장 루퍼 올그란은 방금 자신이 본 광경을 믿을 수가 없었다.

고등 마법학원생이라는, 원래는 마물을 토벌하는 것조차 상상할 수 없는 나이의 소년소녀들.

그런 아이들이 쓴 마법에 자신의 자신감이 소리를 내며 무너지는 것을 자각했다.

자신도 상대에게 틈을 보이는 영창은 좋아하지 않아서 무영창을 고집했지만, 그들의 마법은 자신의 마법과 일선을 긋고 있었기 때문이다.

영창 같은 건 단 한 번도 들리지 않았다.

그런데도 펼치는 마법은 전부 강력한 데다 정확했다.

그리고 이번 토벌에서는 다른 목표가 있었다고 한다.

마물 소재를 극상품으로 입수하는 것.

극상품이라는 것은 몸에 상처 하나 내지 않고 머리만 공격해서 잡은 마물의 사체를 뜻했다.

베테랑 헌터도 어쩌다 한 번 입수하는 빈도의 그런 물건을 그 아이들은 수차례에 한 번 꼴로 성공시켰다.

베테랑 헌터와 같은 사고방식이라고는 해도 그건 어디까지나 **마음가짐**일 뿐이지 실제로 성공할 수 있느냐는 완전히 별개의 문제였다.

하지만 그 아이들은 그 마음가짐을 확실히 실천으로 옮기고 있었다.

그중에서도 신 월포드의 마법은 차원이 달랐다.

아무튼 10할.

마법을 써서 마물을 사냥하면 확실히 극상품이 손에 들어왔다.

그의 굉장함에 관해선 주로 터무니없는 마법의 위력에만 주목하는 경향이 있지만, 실제로는 이 정확함이야말로 그의 가장 큰 장점이 아닐까.

어떤 마법이든 명중시키지 못하면 의미가 없는 법이니 말이다.

최소의 마력으로 최대의 결과를 내는 신이 루퍼의 눈에는 더 이상 같은 인간으로 보이지 않았다.

"마왕…… 마법사의 왕인가……."

과장된 표현이 아니었다. 오히려 이젠 납득이 갈 정도다.

고작 열두 명이라는 인원이 낸 성과라는 걸 믿을 수 없을 정도로 많은 마물을 토벌한 후, 일행은 숲에서 돌아왔다.

그리고 루퍼는 바로 자신이 본 것을 보고하기 위해 군무국장인 도미니크를 찾았다.

"수고했군, 루퍼. 그래서? 마법사단장의 눈으로 본 그들은 어땠지? 자네는 어디에 배치하는 게 좋을 것 같나."

크리스티나의 보고를 받기는 했지만, 기사라 마법에는 문외한인 그녀에게서는 작전 입안에 필요한 충분한 정보를 얻지 못했다.

─그 아이들은 굉장합니다.

이런 보고를 근거로는 도저히 작전을 세울 수는 없었기에 도미니크는 마법의 프로인 루퍼에게 시찰을 의뢰했던 것이었다.

하지만 루퍼는 바로 대답할 수 없었다.

잠시 고민한 후, 이렇게 대답했다.

"……어디든 상관없지 않을까?"

"뭐? 루퍼 자네, 어디든 상관없다니 그런 적당한 소리를……."

"적당히 하는 말이 아니야. 실제로 이 눈으로 보고 확신했어. 그 아이들에게 우리의 지원은 필요 없다고. 오히려 우리가 지원을 받고 싶을 정도야."

"……그 정도로 굉장했던 건가?"

"굉장하다는 말로 그칠 수준이 아니었다고. 폐하와 전하께서 필사적으로 그 아이들을 우리나라의 고유 전력으로 삼지 않겠다고, 전쟁의 불씨로 만들지 않겠다고 말씀하셨던 이유를 이제야 알겠더군."

대국인 알스하이드의 국왕이 그런 굉장한 인재들을 포섭하지 않으려한 이유를 루퍼도 마침내 이해한 것이었다.

"그야말로 어마어마해. 그 아이들의 힘만으로…… 아니, 월포드 군 단독으로도 세계를 간단히 정복할 수 있을지도 몰라."

"그, 그렇게나?"

"그러니 어디든 상관없어. 어디에 배치하든 최고의 결과를 내줄 거다. 그 아이들이라면."

작전 입안자로서 그런 지나치게 강대한 전력을 대체 어디에 배치해야 좋을지 고민하던 참이었지만, 루퍼에게서 그런 보고까지 들으니 더더욱 망설여지기 시작했다.

"하아…… 연합 회의까지 얼마 안 남았는데 이걸 어쩌면 좋을지 모르겠군."

"각 나라에 몇 명씩 파견해서 지원을 맡게 하면 되지 않을까? 대형 마물까지는 각 나라의 군대가 맡고 재해급이나 마인이 출현하면 그 아이들에게 부탁하는 식으로."

"……역시 그게 최선인가."

"그렇겠지."

결국 가장 무난한 배치를 고를 수밖에 없었다.

"알았다. 고맙군, 루퍼. 참고가 됐어. 오늘은 이만하면 됐네."

"그래. 그럼 난 이만…… 아, 맞아! 야, 도미니크! 너, 월포드 상회에서 그 부츠를 대량으로 발주했다며!"

"응? 아, 말하지 않았던가?"

"금시초문이거든?!"

"그런가. 미안하게 됐군. 뭐, 이걸로 우리 기사단도 한층 더 강해질 수 있겠지. 자네들 마법사단에는 결코 지지 않을걸세."

자신들이 알스하이드 왕국군의 약점이 되는 것을 우려했던 도미니크는 이젠 자신감 있게 선언할 수 있었다.

"흥, 아쉽게 됐수다! 이번에 그 아이들과 동행한 덕분에 우리 마법사단에서도 제트 부츠를 구입하기로 결정했거든?"

루퍼도 지지 않고 대답했다.

실제로는 아무리 마법사단장이라 해도 독단으로 군의 장비품을 변경할 수는 없으므로 다른 책임자들과 회의부터 해야겠지만, 이미 루퍼의 안에서는 확정된 것이나 다름없는 사항이었다.

"앗! 치사해! 자네들은 멀린 님 스타일 훈련법으로 강해졌으면서! 그런데 거기다 제트 부츠까지 구입하겠다고?!"

"훗! 그건 이동 수단으로 무척 탁월하겠더군. 너희만 쓰게 냅둘까 보냐!"

"아, 그러고 보니 자네들은 비실비실한 콩나물 집단이었지."

"……뭐라고? 이 자식이…….."

"뭐야. 한 번 붙어보자는 건가?"

"좋다! 밖으로 나와!"

이날은 갑작스러운 모의전으로 기사단의 연병장 일부를 파괴하는 바람에 작전 입안서와 장비품 구입 신청서를 쓰기 전에 시말서를 쓰게 된 기사단 총장과 마법사단장의 모습이 목격되었다고 한다.

우려하던 일

제3장

구 블루스피어 제국의 제도.

현재 올리버 슈투름이 이끄는 마인들에게 점령된 이 도시 안에서는 마물이 대량으로 활보하거나, 그런 마물들을 마인이 통솔하는 광경을 쉬이 목격할 수 있었다.

슈투름은 그야말로 마도(魔都)라 불리기에 더할 나위 없는 그런 풍경을 내려다보며 어떤 보고를 받고 있었다.

"호오, 드디어 세계 연합이 발족하는 건가요."

"예. 될 수 있으면 체결 전에 무산시키고 싶었습니다만……."

제스트의 입에서 언급된 것은 이른바 실패 보고였다.

옆에 있는 로렌스는 슈투름에게 받게 될 질책과 벌을 상상하자 암담했다.

하지만 슈투름의 입에서 나온 건 예상 밖의 말이었다.

"뭐, 괜찮지 않을까요? 그 편이 더 재미있을 것 같으니까요."

"예?"

꼼짝없이 벌을 받게 될 줄만 알았던 로렌스는 무심코 반문하고 말았다.

하지만 슈투름은 가볍게 웃을 뿐이었다.

"왜 그러시나요? 질책이라도 받을 줄 아셨습니까?"

"아, 아니! 이건 그게…… 예."

로렌스의 대답에 슈투름은 즐거운 얼굴로 말했다.

"후후, 대체 뭘 질책하면 되는 건가요? 전 인간들의 동향 따위에는 전혀 관심도 없습니다. 제스트 군이 하는 일들의 보고는 듣고 있습니다만, 제가 지시한 적은 단 한 번도 없는데요."

듣고 보니 확실히 그랬다.

지금까지 로렌스에게 지시를 내린 건 전부 제스트였다.

그것도 슈투름의 명령이 아니라 전부 제스트가 직접 고려한 지시뿐이었다.

"제스트 군의 활동 보고를 듣는 건 제 즐거움 중 하나입니다. 로렌스 군이라고 했나요? 당신도 아무쪼록 제스트 군의 활동을 잘 보좌해주셨으면 좋겠군요."

"아, 예! 감사합니다! 진력을 다 하겠습니다!"

인간다운 감정이 사라진 슈투름과 달리 로렌스와 제스트에게는 아직 감정이 남아 있었다.

슈투름의 말에 감동한 로렌스는 앞으로도 전력을 다해 제스트를 보좌할 것을 결심하며 옆에 있는 그를 뜨거운 눈길로 쳐다보았다.

하지만 제스트는 그 시선에 약간 떨떠름한 표정을 보이더니 일단 무시하고 슈투름에게 말을 걸었다.

"인간들이 세계적인 연합을 결성했다는 건……."

"예, 마침내 움직일 생각인 거겠지요."

"역시……."

대국이라 불리는 엘스와 이스까지 알스하이드와 손을 잡았다.

그 사실이 가리키는 것은 단 하나밖에 없으리라.

"놈들은 이 제국령…… 아니, 이 구 제국령에 쳐들어올 심산일 겁니다."

슈투름의 말에 로렌스는 숨을 삼켰다.

인간들의 침공.

그들의 표적은 당연히 이 구 제도이리라.

하물며 그 인간들 중에는…….

"슈투름 님과 제스트 님은 어째서 그렇게 태연하실 수 있는 겁니까!"

로렌스는 참지 못하고 외쳤다.

"쳐들어올 인간 중에는 그자가…… 신 월포드가 있는데!"

로렌스는 슈투름을 제외하면, 슈투름에게 붙은 마인들 중 유일하게 신의 힘을 직접 목격한 마인이었다.

그래서 신의 무서움을 충분히 숙지하고 있었다.

슈투름 본인이 언급했던 것처럼 그조차 감당할 수 없을지도 모르는 힘.

그런데도 이 둘은 어째서 이토록 태연한 것일까.

로렌스에게는 그 이유를 도무지 알 수 없었다.

"흠, 확실히 놈들의 목표는 이곳이겠지요."

"그럼 그 창끝을 다른 곳으로 돌리면 되겠군요."

"다, 다른 곳입니까?"

그리고 두 사람이 대체 무슨 대화를 나누는 건지도 이해할 수 없었다.

"로렌스."

"아, 예!"

그런 로렌스에게 제스트가 말을 걸었다.

"네가 잠복 중인 마인들의 거점이 어디지?"

"예? 앗!"

그제야 깨달았다.

이 두 사람은 마지막까지 배신한 마인들을 미끼로 삼을 속셈이었다는 것을.

확실히 인간들의 시선을 그쪽으로 돌리면 여기까지 쳐들어올 일은 없을지도 몰랐다.

"아, 예! 놈들은 아마 전과 같은 도시에 잠복 중일 겁니다. 아무튼 자기 머리로 생각이라는 걸 할 줄 모르는 놈들이니까요."

그렇게 말한 로렌스는 제스트에게 배신한 마인들의 잠복 장소를 가르쳐주었다.

"그렇군. 그렇다면 그쪽으로 가도록 유도해볼까."

"아, 제스트 군. 그럼 마침 좋은 걸 빌려드리지요."

"예?"

슈투름은 바로 작전을 구상하기 시작한 제스트에게 제안했다.

"후후, 여기에는 좋은 실험체가 잔뜩 있으니 말입니다."

그리고 구 황성의 창문에서 구 제도를 배회하는 대량의 마물을 내려다보았다.

"역시 슈투름 님은 굉장하시군요!"

슈투름의 앞에서 물러난 제스트와 로렌스는 구 황성 안을 걷고 있었다.

그리고 로렌스는 조금 전에 들은 이야기로 흥분을 감추지 못하고 있었다.

"너무 들뜨지 마라. 슈투름 님이라면 이 정도쯤은 아무것도 아니니까."

"그게 더 굉장한 거 아니겠습니까?"

그렇게 신이 나서 말하는 로렌스는 눈이 붉다는 것을 제외하면 평범한 인간과 큰 차이가 없어 보였다.

크게 한숨을 내쉬는 제스트도 마찬가지였다.

인간다운 감정을 잃고 모든 일에 흥미를 잃은 슈투름은 그야말로 마인 그 자체였다.

하지만 슈투름에 의해 마인이 된 자들은 아직 인간이었을 때의 감정이 짙게 남아 있었다.

지금의 로렌스처럼 흥분해서 어쩔 줄 모르는 자가 있는가 하면 제스트처럼 어이가 없어서 한숨을 쉬는 자들도 결코 보기 드물지 않았다.

배신한 마인들도 결국 자신들의 힘에 취해서 욕망을 갖게 된 탓에, 그 욕망에 응해주지 않는 슈투름에게 반발한 것에 불과했다.

슈투름과 대면할 기회가 많은 제스트는 그 경향을 더욱 더 강하게 느끼고 있었다.

스스로 마인이 된 자와 인도를 받고 마인이 된 자들.

그 사이에는 틀림없이 어떤 차이가 존재하리라.

그리고 제스트는 요즘 들어서 모습이 뜸해진 어떤 마인을 떠올렸다.

"로렌스."

"예?"

"난 잠시 들를 데가 있다. 여기서 해산하지."

그렇게 말한 제스트는 구 황성 안쪽으로 걸어갔다.

"아, 예. 알겠습니다."

그를 눈으로 배웅한 로렌스는 고개를 갸웃했다.

"저쪽은 분명 성의 심처였지? 아, 설마 대장님……."

그리고 곧 뭔가를 떠올렸다.

"여자……인가?"

마인이 된 후로 상당히 약해지긴 했지만, 수면욕과 식욕과 성욕은 아직 약간 남아있었다.

그리고 마인 중에는 여자 마인도 있었다.

어쩌면 제스트가 그중에서 정부라도 만든 게 아닐까 하고 추측했다.

"쳇, 치사하시긴. 나도 상대를 찾아볼까?"

로렌스는 그렇게 혼잣말을 중얼거리며 시내로 나왔다.

"뭐, 상대가 생긴다고 해도……."

하지만 그 뒤에 이어진 말은 약간의 자조가 섞여 있었다.

"우리에게 아이가 생길지는 알 수 없지만."

로렌스의 추측은 반만 맞았다.

제스트의 목적지는 마인의 발호 초창기 때부터 슈투름을 옆에서 보좌했던 여성인 밀리아가 있는 곳이었다.

그녀는 어떤 실험 때문에 최근에는 슈투름의 곁에 없을 때가 많아서 제스트도 직접 만나는 건 오랜만이었다.

추측이 반만 맞았다는 건, 밀리아가 제스트의 연인이나 정부는 아니었기 때문이다.

그녀도 인간일 때의 감정이 남아있었고, 그리고 그 감정은 전부 슈투름을 향해 있었다.

제스트도 당연히 그 사실을 알고 있었다.

그런데도 그런 밀리아의 방으로 간 것은 그녀가 진행 중인 실험의 경과를 확인하기 위해서였다.

밀리아의 방 앞에 도착한 제스트는 문을 두드렸다.

"예?"

"접니다. 제스트입니다."

"아, 제스트. 오랜만이네요."

밀리아는 안에서 문을 열고 제스트를 맞이했다.

"그 후로 어떻습니까. 그…… 실험의 경과는?"

제스트는 약간 언급하기 거북해했지만, 밀리아는 담담하게 대답했다.

"경과는 순조로워요. 다만, 이것만큼은 결과가 나와야 성공을 확신할 수 있을 테니까요."

"그건 뭐, 그렇겠군요."

일단 실험 경과는 순조로운 모양이었다.

"다만……."

"무슨 문제라도?"

"그 실험 때문에 몸 상태가 그다지 좋지는 않네요. 그래서 슈투름 님께 도움이 될 수 없는 것이 안타까워요."

제스트는 밀리아의 실험에 큰 기대를 품고 있었다.

이 실험 결과야말로 마인의 미래를 좌우할지도 몰랐기 때문이다.

하지만 그 실험 때문에 그녀의 몸 상태가 나빠졌다고 하자 제스트는 우려하는 얼굴로 다시 질문을 던졌다.

"괜찮으신 겁니까? 밀리아 님. 그런데 그…… 혹시 슈투름 님께선 여길 자주 찾아오십니까?"

그 질문에 이번에는 밀리아가 표정을 흐렸다.

"아니요……. 결과가 바로 나오지 않는 실험에는 관심이 없으신지…… 여기에는 한 번도 찾질 않으셨습니다."

그리고 쓸쓸한 얼굴로 말했다.

"그리고…… 슈투름 님께 저 같은 건 있으나마나 한 존재일 테니까요."

확실히 조금 전에 만난 슈투름은 그 자리에 없는 밀리아를 신경 쓰는 기색은 전혀 보이지 않았다.

마치 있으나마나 신경 쓸 필요도 없다는 것처럼.

인간다운 자애심과 감동과 다정함은 이미 완전히 사라진 상태였다.

분노와 증오조차 제국이 붕괴하는 동시에 사라진 모양인지 이제 남은 것은 유쾌함을 느끼는 감정뿐.

그래서 슈투름은 인간과 배신한 마인들의 싸움을 마치 오락처럼 즐기고 있었다.

배신한 자들이 당하는 게 즐거운 것이 아니었다.

그 상황 자체를 즐기고 있는 것이다.

그런 슈투름에게 인간다운 행동은 기대할 수 없으리라.

제스트는 아직도 몸이 안 좋은지 우울한 표정으로 창밖을 바라보는 밀리아를 연민에 젖은 얼굴로 응시했다.

◆

담 왕국.

얼마 전에 신 일행이 잠시 들렀던 이 나라는 창신교가 이스 신성국이라는 나라를 세우기 전에 총본산이 있었던 나라였다.

현재 이 나라에서는 구 제국— 삼국 회담 이후로는 『마인령』이라고 불리게 된 지역에 인접한 점과 각 연합 참가국 간의 거리를 고려해서 마인령 공략을 위한 각료 회의가 열리게 되었다.

그리고 마인령 공략 작전의 동의를 얻는 동시에 세계연합이 정식으로 체결되었다.

사전에 결정된 조인 내용은 이러했다.

—인류 존망의 위기에 각국이 협력해서 사태를 수습하도록 노력한다. 또한 연합 체결 중에는 하나의 집단으로서 기능하며 그 행동에 어떤 보답도 요구하지 않는다.

예를 들면, 만약 A국의 부대가 위기에 빠졌을 때 B국의 부대가 구해줬다고 해서 B국이 A국에 보수를 요구해서는 안 된다는 요지의 내용이었다.

아무리 인류가 일치단결해서 맞서야 하는 사태라고는 해도 이런 부분을 확실히 해두지 않는다면 전후에 화근을 남길 가능성이 있기 때문이었다.

하지만 아직 공략 작전 그 자체는 결정되지 않았다.

방침은 물론 정해져 있었다.

―각국의 군은 마인령에 만연한 마물들을 토벌하면서 구제도를 목표로 진군한다. 그리고 그곳을 점령한 마인들을 토벌한다.

이번 세계연합은 오직 이것을 위해 체결된 셈이었지만, 각 군의 배치 상태, 물자 ― 특히 마인령과 국경을 맞대지 않은 엘스와 이스의 보급 문제 ― 공급, 연합군의 지휘 체계를 비롯해 협의해야 할 안건이 그야말로 산더미처럼 많았다.

당장 마인들은 별다른 행동을 보이고 있지는 않았다.

하지만 전에 두 차례의 습격이 있었으니 지금 이 상황은 마인들의 다음 침공을 위한 준비 기간이라고 보는 게 타당했다.

그래서 협의해야 할 안건은 많았지만, 여기에 너무 많은 시간을 들일 수는 없었기에 각국의 담당자들은 골치를 썩고 있었다.

그러다 마침내 담 왕국에 있는 한 신전에 알스하이드, 스이드, 담, 카난, 크투트, 엘스, 이스의 대표가 모여 회의가 시작되었다.

"알스하이드 왕국의 군무국장 도미니크 가스톨입니다. 이번에는 우리 알스하이드의 요청에 응해주셔서 정말 감사합니다. 현재 우리 인류는 마인의 대량 출현과 그들의 습격이라는 존속조차 위태로운 상황에 처해 있습니다. 하오나 우리 인류에도 희망이 없는 것은 아닙니다. 따라서 저희는 그 사실을 감안해 협의를 진행하고자 합니다."

먼저 이번 세계연합을 가장 먼저 제안한 나라인 알스하이드 왕국의 대표 도미니크가 인사했다.

"마인들이 언제 쳐들어올지 전혀 파악할 수 없으므로 회의에 많은 시간을 할애할 수는 없습니다. 그래서 대략적인 내용을 작성해왔습니다만, 여기에 여러분께서 모두 찬성해주신다면 그대로 결의하고자 합니다. 괜찮으시겠습니까?"

"그렇다는 건 이미 초안이 완성됐다는 뜻입니까?"

도미니크의 발언에 다른 나라의 대표가 질문했다.

"예. 이렇게라도 하지 않으면 회의가 길어질 게 불 보듯 뻔할 테니 말입니다. 작전의 개요는 이 서류를 확인해주시길 바랍니다."

도미니크가 그렇게 말하자 서류를 든 보좌관들이 각국의 대표에게 작전 입안서를 배포했다.

그리고 그 내용을 본 대표들의 반응은 두 가지로 갈라졌다.

납득과 경악이었다.

"도, 도미니크 국장! 이건 진심입니까?!"

발언자는 이스의 대표이자 저번 삼국 회담에서 임시 대표를 맡았던 마키나 『대』사교였다.

마키나는 삼국 회담 당시에는 사교였지만, 전대 대사교인 풀러의 실각과 그때 세운 공적으로 승격한 것이었다.

그 마키나 대사교는 작전 입안서에 기재된 내용에 의문을 표했다.

"물론 진심입니다. 그리고 그것이 최선이라고 확신합니다."

"하지만 이건…… 그들은 아직 열대여섯 살의 젊은이들이 아닙니까! 그런데 이런……."

그리고 다시 한 번 서류로 시선을 내렸다.

"『각국의 군은 대형까지의 마물 토벌을 담당하고, 재해급 마물과 마인이 출현했을 시에는 얼티밋 매지션즈가 담당한다』라니!"

하지만 그 발언에 찬동한 것은 담 왕국의 대표뿐이었고 다른 나라의 대표들은 아무런 의문도 표하지 않았다.

"아, 댁은…… 그게, 마키나 대사교였던가? 신 일행이 싸우는 모습을 본 적이 없나 보군?"

"확실히 본 적은 없습니다만…… 여러분은 있으신 겁니까?"

"그래. 있지."

"저도 있습니다."

"저도."

"저도 있군요."

발언한 것은 순서대로 카난 왕국의 대표인 가란, 스이드 대표, 크루트 대표, 엘스 대표인 나바르였다.

"나바르 씨는 얼마 전에 그들과 처음 만난 걸로 알고 있습니다만?"

"그 후에 같이 알스하이드로 가던 도중에 마물 무리와 마주쳤거든요."

"그러셨군요."

"……하물며 재해급까지 포함된 상태로요."

"재, 재해급?! 용케도 무사하셨군요!"

"그게 뭐랄까…… 그 얼티밋 매지션즈의 아이들이 단숨에 토벌해준 덕분이죠."

"다, 단숨에?!"

"……마치 게임이라도 하는 것 같은 분위기였습죠."

당시의 기억을 떠올리는 건지 나바르는 아련한 눈을 했다.

그리고 나바르에 이어서 가란도 자신의 체험담을 털어놓았다.

"나는 카난의 양치기인데, 올해 여름에는 양이 대량으로 마물이 되는 사태가 벌어졌었지. 그래서 당연히 어느 정도의 희생을 각오했는데…… 그 녀석들이 가세해준 덕분에 단숨에 정리할 수 있었어."

"그쪽도 단숨에……."

가란은 양치기였지만, 카난 왕국에서 국가 양양가는 매우 높은 지위였다. 그래서 다른 국가 양양가들을 통솔하는 입장인 데다 신 일행과 일면식도 있는 가란이 카난 왕국의 대표로 선출된 것이었다.

"그때는 농담으로 평소에는 재해급을 잡고 다니는 게 아닐까 하는 소릴 했는데……."

"농담이 사실이 된 셈이겠군요. 그 아이들은 분명 평소에도 재해급을 사냥하고 있을 겁니다. 잡을 사람을 누구로 할지 제비뽑기로 정할 정도였으니까요."

"제, 제비뽑기?"

"원래 재해급을 상대하라면 당첨이 아니라 꽝 아닙니까? 그런데도 재해급과 싸우게 된 아이는 무척 기뻐하더군요."

그들을 아는 자들은 그 광경이 상상이 가는지 쓴웃음을 지었지만, 이중에서는 유일하게 그들과 전혀 일면식이 없는 자도 있었다.

"재해급이라는, 군이 총력을 기울여야 하는 마물을 상대로 제비뽑기라고? 불성실하기 짝이 없군!"

이번 회의의 초청국인 담 왕국의 대표 랄프 포트만이었다.

"그런 불성실한 놈들을 이 중대한 작전의 핵심으로 삼자고? 난 반대다!"

그는 화를 내며 결사반대를 주장했다.

"랄프 씨라고 했던가요? 그럼 당신은 대안이 있는 겁니까?"

그러자 나바르가 질문했다.

삼국 회담 초기에는 알스하이드를 함정에 빠트리려했던 그였지만, 그 후의 경험을 통해 지금은 완전히 신 일행의 아군이 되어 있었다.

역시 상인에게 장거리 통신이 가능한 마도구는 그야말로 꿈의 산물이었던 모양인지, 그것을 직접 구입해왔을 뿐만 아니라 개발자인 신과 월포드 상회를 통해 연결고리를 갖게 된 그는 현재 엘스에서 매우 높은 평가를 받고 있었다.

"우리가 일치단결해서 맞서면 그 어떤 곤란도 타개할 수 있을 겁니다!"

그런 나바르의 질문에 랄프는 단순하기 짝이 없는 정신론을 주장했다.

"아니, 전 그런 정신론이 아니라 구체적인 대안을 듣고 싶은 겁니다만."

"그, 그건……."

"없는 겁니까?"

아무래도 감정만 앞세워서 한 발언인 모양이었다.

결국 대안을 떠올리지 못한 랄프는 화제를 바꾸려 했다.

"하, 하지만! 다른 분들도 이런 불성실한 놈들을 작전의 중심으로 세우는 것에는 분명 납득하지 못하실 겁니다!"

"난 납득하는데."

"예?! 그게 대체 무슨 말씀이십니까!"

이어서 발언한 것은 스이드 왕국의 대표였다.

그와 랄프는 이웃나라의 상류층이라 어느 정도 교류가 있었다.

"자네는 그들은 만나 본 적이 있나?"

"아니요……. 아직…… 없습니다만."

"나는 직접 만나봤다네. 그들은 우리나라의 위기에 그 누구보다 먼저 달려와서 마인을 물리쳐주었지. 하지만 그들은 희생자가 나온 것을 몹시 후회하며 사죄하더군. 다른 나라의 일인데도 말이지. 도저히 내 눈에는 그런 불성실한 인간으로는 보이지 않더군."

"……."

스이드의 대표는 신 일행이 스이드 국왕을 알현할 때 동석했던 군부의 책임자였다.

직접 만난 적이 있는 인물의 평가에 랄프는 더는 뭐라 반박할 말이 없었다.

"저도 직접 만나봤습니다만, 그런 인상은 전혀 받지 못했습니다."

이어서 크루트의 대표도 맞장구를 쳤다.

"그들의 전투도 직접 봤습니다만…… 솔직히 엘스 대표의 이야기를 들어도 이해가 가는군요."

"이해가 간다고요?! 그게 대체 무슨 뜻입니까!"

랄프는 재해급을 앞에 두고 제비뽑기를 한 것에 이해가 간다고 발언한 크루트 대표의 말에 득달같이 물고 늘어졌다.

"그들에게는 재해급 마물 같은 건 상대로서 한참 부족하다는 뜻이겠지요. 실제로는 어땠습니까?"

"눈 깜짝할 사이에 처리했습니다. 위태로운 국면도 전혀 없었죠."

"하긴 그랬겠지요."

"그럴 줄 알았어."

재해급 마물을 눈 깜짝할 사이에 처리했다는 말에 크루트 대표와 가란은 납득하며 고개를 끄덕였다. 그들뿐만 아니라 스이드 대표도.

"그들에게 재해급은 더 이상 절망적인 상대가 아니라는 뜻입니다. 그야말로 심심풀이로 해치울 수 있는 상대라는 뜻이겠지요. 실제로 그들의 전투를 보면 납득할 수 있을 겁니다."

"재해급을 심심풀이로⋯⋯."

하지만 랄프는 크루트 대표의 말에서 돌파구를 찾았는지 곧 음험하게 웃으며 입을 열었다.

"⋯⋯그런 위험한 힘을 지닌 자를 신용할 수 있겠습니까? 그들이야말로 우리가 타도해야 할 대상이 아닐까요?"

그 과격한 발언에 회의장 전체가 술렁였다.

확실히 재해급이라는 인류에게는 악몽이나 다를 바 없는 상대를 대수롭지 않게 사냥할 수 있다는 건 터무니없이 거대한 힘이었다.

랄프는 그런 힘을 지닌 얼티밋 매지션즈를 위험시한 것이다.

하지만 알스하이드 소속인 도미니크는 자신도 그들이 지

닌 힘의 거대함을 느끼고 있었지만, 이런 사태를 우려해서 그동안 온갖 마음고생을 겪어온 디세움과 아우구스트를 옆에서 지켜봐 왔기에 이런 중대한 자리에서 가볍게 저런 발언을 꺼낸 랄프에게 분노를 터트리려 했다.

"아무것도 모르는 당신이 해도 될 말은 아니군요."

하지만 먼저 나선 것은 엘스 대표인 나바르였다.

"솔직히 저도 같은 생각을 한 적이 있었습니다."

"그야 그렇겠지요! 그럼……."

"그래서 본인들에게 한 번 물어봤습니다. 세계를 정복해 볼 생각은 없냐고요."

그 순간, 랄프를 제외한 전원이 마음속으로 대체 뭘 물어보는 거냐고 절규했다.

공기도 살짝 술렁거렸다.

"그랬더니 아무렇지 않게 이리 대답하더군요. 그런 귀찮은 짓은 하기 싫다고요."

그 말에 분위기가 약간 진정되었다.

여기 모인 자들의 대부분은 그들의 힘을 일부나마 본 탓에, 그럴 리 없다고 믿으면서도 만의 하나의 사태가 벌어졌을 때는 막을 방법이 없다는 것을 잘 알고 있었기 때문이었다.

"그리고 앞으로 태어날 아이들을 위해서 평화로운 세계를 만드는 건 현재를 살아가는 우리들의 사명이라고도 하답니다."

"그렇습니까. ……그 아이들이 그런 말을."

도미니크는 이때 처음으로 신 일행의 속마음을 알게 되었다.

기사단 총장이다 보니 마법사인 그들과 거의 접점이 없었기 때문이다.

그래서 그들이 사리사욕으로 힘을 쓸지도 모른다는 걱정은 조금도 해본 적도 없었지만, 그 힘을 다음 세대를 위해 쓰겠다는 말은 이 순간 처음 들었다.

덕분에 랄프의 경솔한 발언으로 분노에 사로잡혔던 마음이 가라앉았다.

"궤, 궤변이다! 그런 건 임시방편으로 지껄인 말이 분명해!"

하지만 한 번 반대한 이상 더는 돌이킬 수 없게 된 건지 랄프는 계속 강경하게 신 일행을 비판했다.

그러자 결국 보다 못한 마키나가 나섰다.

"랄프 군! 당신, 오늘 대체 왜 이러는 겁니까?!"

"마, 마키나 님……."

"저도 실제로 싸우는 모습을 본 적은 없지만, 그들과 만난 적은 있습니다. 그때 매우 훌륭한 인격자들이었다는 인상을 받았지요. 풀러가 그토록 심한 대죄를 저질렀는데도 우리나라에까지 책임을 묻지는 않았습니다. 이스와 적대 관계가 돼도 전혀 이상하지 않은 사건이었는데도 말입니다!"

"그, 그것도 분명 계산이 있어서……."

"애초에 도미니크 국장님. 인류의 희망이라는 건 그들을 말씀하시는 거겠지요?"

"그 말씀대로입니다. 마인은 단독으로도 재해급을 뛰어넘는 강력한 존재입니다. ……그런 자들이 아직 50체나 남았다고 하더군요."

"재해급보다 강한 존재가 50체라니…… 이건 진짜 인류의 위기잖아."

가란이 마인의 구체적인 강함을 듣고 현기증을 느꼈고, 스이드 대표는 추가로 발언했다.

"하지만 제가 처음 목격했을 당시에는 100체쯤 됐습니다. 그걸 고려하면……."

"……용케도 50체나 해치웠군."

원래 100체를 넘었던 마인이 절반으로 줄어든 건 전적으로 신 일행 덕분이었다.

"우리로서는 절망밖에 느껴지지 않는 상대와 물량입니다. 하지만 얼티밋 매지션즈라면 그들을 물리치는 것도 꿈은 아닙니다. 그러니 그들이야말로 인류의 희망이라고 볼 수 있겠지요."

"인류의 희망…… 듣고 보니 확실히 그 말씀대로인 것 같군요."

도미니크의 발언에 마키나는 납득했지만, 랄프는 아니었다.

"하지만! 마키나 님도 처음에는 이 작전에 반대하시지 않았습니까!"

"제가 반대한 건 고작 열대여섯 살의 젊은이들에게 이런 중책을 떠넘기는 것에 어른으로서 양심의 가책을 느꼈기 때문입니다."

"뭐…… 솔직히 한심한 이야기이긴 하군."

"아무리 실력에 큰 차이가 있다지만……."

신 일행보다 두 배 이상 살아온 카란과 스이드 대표가 씁쓸한 표정을 짓자, 다시 나바르가 발언했다.

"하지만 실제로 이 문제를 근본적으로 해결할 수 있는 건 그 아이들뿐이니 그 점은 일단 구분 짓고 생각하는 편이 낫지 않겠습니까?"

"엘스 상인다운 발언이군요. 이용할 수 있는 건 뭐든지 이용하자는 겁니까."

여전히 엘스 상인과는 상성이 나쁜 이스의 성직자인 마키나가 약간의 야유를 담아서 말했다.

"당연합죠. 그렇다고 사양하다가 인류가 멸망하는 것보다는 나을 테니까요."

하지만 나바르는 아무렇지 않게 흘려 넘겼다.

마키나도 이제 막 성인이 된 젊은이들에게 중책을 맡기는 것에 저항감을 느낀 것뿐이지 신 일행을 위험시하는 건 아니었다.

마키나라면 틀림없이 반대해줄 거라고 믿었던 랄프는 마치 배신당한 것 같은 표정을 지었다.

"애당초 랄프 군은 왜 그렇게까지 이 작전을 반대하는 거지요? 얼티밋 매지션즈라면 민중 사이에서 『성녀』라 불리는 클로드 양과 이제는 『신의 사도』라는 말까지 듣는 마왕 월 포드 군이 소속된 집단인데 말입니다."

"그……!"

랄프는 그게 문제라고 외칠 뻔하다가 황급히 입을 다물었다.

완전히 개인적인 감정인 데다 무엇보다 창신교의 대사교인 마키나가 작전을 받아들이는 방향으로 마음을 돌리기 시작 했기 때문이다.

담은 이스와 별개의 국가지만 아무래도 과거에 창신교의 총본산이 있었던 나라이다 보니 당연히 창신교의 영향력이 컸고, 현재 총본산이 있는 이스가 위고 담이 밑인 무의식적 인 속국 관계이기도 했다.

그건 담의 대표인 랄프가 이스의 대표인 마키나에게 『님』 이라는 경칭을 붙이고, 반대로는 『군』이라고 부르는 시점에 서 누가 봐도 일목요연하리라.

랄프는 그런 정신적인 상위국의 대사교인 마키나의 의향 을 고려해서 말을 삼킨 것이다.

하지만 얼티밋 매지션즈의 멤버 두 사람이 그런 호칭으로 불리는 것은 아무래도 마음에 들지 않았다.

시실리에게 붙은 『성녀』는 현 교황이 지금 위치에 오르기 전에 불렸던 호칭이었건만, 창신교의 신자도 아닌 인간이 경 애하는 교황의 옛 호칭으로 불리고 있다는 사실에 분노를 느꼈기 때문이다.

하물며 『신의 사도』에 이르러서는 신(神)을 절대적인 존재로 떠받드는 창신교의 신자로서 결코 가볍게 웃어넘길 수 있는 단어가 아니었기 때문이다.

사실 양쪽 다 민중이 멋대로 그렇게 부르기 시작한 것뿐이었고, 『신의 사도』의 경우는 전에 지크프리트와 루퍼도 언급했던 것처럼 일부의 인간들이 느끼기 시작한 감상을 다른 이들도 공감하면서 최근에 급격히 퍼진 것에 불과했다.

랄프는 창신교의 성직자도 아닌 자들이 그런 호칭으로 불리는 것을 용서할 수 없었다.

그가 신 일행을 작전의 핵심으로 세우겠다는 제안에 반대한 가장 큰 이유는 결국 이 호칭 문제 때문이었다. ……물론 전투 중에 제비뽑기를 했다는 말에 반감을 느낀 것도 있지만 말이다.

특히 『신의 사도』는 도저히 받아들일 수 있는 것이 아니었다.

하지만 현재 창신교 내부에서는 그 호칭을 거의 인정하는 방향으로 이야기가 진전되고 있었다.

『성녀』쪽은 현 교황이 전부터 주목하고 있는 데다 이 소동이 끝나면 직접 결혼식의 주례를 서겠다는 전대미문의 제안까지 했을 정도였다.

『신의 사도』쪽은 마인의 대량 출현으로 인류 존망의 위기를 맞이한 이 시대에 마침 그들에게 대항할 수 있는 힘을 지닌 신 월포드가 시기적절하게 나타났으니 정말로『신의 사도』가 아닐지 의심하는 자들이 창신교 내부에도 다수 존재했다.

─이 인류 존망의 위기에 우리의 신께서 사도를 보내주신 게 아닐까 하고.

하지만 그건 어디까지나『다수』일 뿐『전부』는 아니었다.

랄프는 성직자는 아니었지만, 창신교의 경건한 신도로서 그런 신성한 호칭을 신자도 아닌 이들에게 허락하는 것에 반대하는 소수파 중 한 명이었다.

"젊은이들에게만 짊어지게 하기에는 지나치게 큰 책임입니다만, 확실히 우리 인류에게는 다른 방도가 없으니…… 이 작전을 승인할 수밖에 없겠군요."

"그럼 작전의 대략적인 흐름은 이대로 진행하겠습니다. 이제 남은 건 군의 배치와 보급 등에 관해서입니다만……."

창신교의 대사교인 마키나가 결국 이 작전을 승인했으니 랄프는 더는 뭐라 할 말이 없었다.

그 후의 회의는 도미니크의 초안 덕분에 가끔 절충하는 정도로 순조롭게 진행되었다.

군의 배치, 숙박, 보급 등에서 합의를 얻은 덕분에『마인령 공략 작전』이 그대로 가결되었다.

마침내 세계연합이 첫발을 디딘 것이다.

이제야 시작 지점에 섰다는 안도감으로 회의장의 분위기가 누그러졌지만, 랄프는 여전히 혼자만 인상을 찌푸리고 있었다.

그런 그의 태도가 계속 마음에 걸렸던 마키나는 회의가 끝나자마자 바로 랄프에게 다가갔다.

"랄프 군. 당신, 대체 왜 이러는 건가요? 시종일관 인상만 찌푸리고 있다니. 국가의 대표로 이 자리에 참가했으면 좀 자중하세요."

"……죄송합니다. 앞으로 주의하겠습니다."

그렇게 대답한 랄프는 냉큼 회의장을 나가 버렸다.

보좌관과 호위가 황급히 뒤를 따랐지만, 그들의 표정은 무척 당혹스러워 보였다.

아마 『성녀』와 『신의 사도』라는 호칭의 찬성파이리라. 자신들의 대표가 얼티밋 매지션즈의 참전에 반대한 것이 믿기지 않는다는 분위기였다.

"이거 참…… 아무래도 개인적인 폭주였나 보군요."

마키나는 성녀와 사도라는 호칭에 반응하는 것을 보고 랄프가 반대파라는 것을 바로 눈치챘다.

하지만 창신교의 대다수는 찬성파였고, 담 국왕 또한 찬성파였을 터.

그렇다면 이 회의에서 보인 행동은 개인적인 폭주였으리라.

"괜한 짓을 저지르지나 말았으면 좋겠습니다만……."

마키나는 랄프 일행이 나간 문을 바라보며 한숨을 내쉴 수밖에 없었다.

◆

올그란 씨가 마물 토벌을 참관하고 얼마 후, 그 각료 회의가 열렸다고 한다.

회의에서는 마인령 침공 작전이 정식으로 가결되었고, 세계연합의 조인식은 출진식과 동시에 이루어질 예정이라는 모양이다. 마침내 사태가 최종국면에 접어든 것이다.

회의에서 결정된 내용에 따르면 엘스와 이스의 군은 마인령과 국경을 맞댄 4개국에 같은 비율로 나눠서 배치한다고 한다.

하지만 알스하이드는 대국이다 보니 원래 병력이 많은 편이라 여기에 해당되지 않는다고 한다.

우리 얼티밋 매지션즈는 세 명씩 네 팀으로 나눠서 그 4개국의 군대에 각각 합류하기로 했다.

여기서도 알스하이드는 예외였다.

이것만 놓고 보면 알스하이드에만 불리한 내용인 것 같지만, 실제로는 그렇지 않았다.

최근에 알스하이드 왕국 마법사단이 실천에 옮기고, 마법학술원을 통해 전 세계에 발표한 『마력 제어의 규모 확장에 의한 위력 향상과 그에 따른 무영창 마법 사용의 가능성』이라는 논문이 있다.

이건 틀림없는 사실이지만, 결과가 나올 때까지 아무래도 시간이 걸리다 보니 당장은 알스하이드 왕국의 마법사단에만 적용하는 중이었다.

그 결과, 언젠가는 다른 나라도 똑같은 힘을 갖게 되겠지만 지금은 알스하이드 왕국의 마법사단만 전력이 돌출된 상태라 병력 증원과 우리의 참가를 반려한 것이었다.

기사단도 비록 바이브레이션 소드는 없지만, 매일 제트 부츠를 쓰는 연습을 하는 모양이라 다른 나라들보다 전력이 한 발 앞선 상태라고 한다.

아니, 그보다 알스하이드 왕국 기사단에서 정식 채용한 덕분인지 외국에서 월포드 상회로 대량 주문 요청이 쇄도했다.

덕분에 빈 공방은 요즘 제트 부츠를 제작하느라 눈코 뜰 새 없이 바빴다.

……나중에 사장님들에게 감사 인사를 하러 한 번 찾아가 봐야겠다. 보너스 지급만으로는 미안해서 성이 안 풀려.

아무튼 그래서 요즘 각국의 기사단과 마법사단 연병장에서는 사람이 하늘을 나는 광경을 일상적으로 볼 수 있다고 한다.

……조작에 실패해서 이상한 데로 날아가는 사람도 많다고 하지만, 그래도 어떻게든 익숙해지려고 애쓰는 모양이었다.

그건 그렇고 처음 공개했을 당시에는 다들 미묘한 눈으로 쳐다봤던 그 마도구가…….

"정말 뭐가 잘 팔릴지 한 치도 예상할 수가 없구만."

"뜬금없이 무슨 소리야?"

교실에서 각료 회의의 결과를 알려주던 오그가 내 혼잣말에 의아한 표정을 지었다.

하긴 맥락이 없는 말이었으니 당연한가.

"아니, 설마 제트 부츠가 이렇게 잘 팔릴 줄은 몰랐거든."

"흠. 전력이 될 만한 거라면 뭐든지 시험해보고 싶은 거겠지. 이런 시대라면 더더욱."

"그런 건가."

"그건 그렇고 각국의 군에서도 정식으로 채용하면 시중에서도 쓰는 자들이 나올지도 모르겠군. 네가 전에 말한 『에어 볼』이 보급되는 것도 시간문제일지 모르겠어."

"그건 좋네. 각국에 균등하게 보급되면 불공평하다는 소리 들을 리도 없을 테니 국가간 리그전이나, 챔피언스 리그나, 월드컵도 꿈은 아닐지도."

물론 전부 이 소동이 끝난 후의 이야기겠지만, 인류 존망의 위기라는 심각한 스트레스를 받은 사람들에게 오락을 제공하는 건 결코 나쁜 일이 아니리라.

"그리고 주최자인 네 자산은 또 늘어나겠군. 대체 얼마나 벌 셈이야?"

"……벌어봤자 쓸 데가 없는걸."

"참 배부른 소리로군. 그만한 자산이 있으니 첩이라도 거려 보는 건 어때?"

"야! 너, 갑자기 무슨 소릴……."

빠직!

그 순간, 내 옆에서 무지막지하게 차가운 냉기가 감돌았다.

비유가 아니라 정말로!

"……신 군…… 첩을 거느릴 건가요?"

웃는 얼굴로 싸늘한 냉기를 두른 채 그렇게 묻는 시실리는…… 아일린 씨와 분위기가 똑같았다!

"설마! 그런 생각은 눈곱만큼도 해본 적 없어!"

"그런가요?"

"응! 응!"

"……그럼 됐구요."

나는 한 치도 망설이지 않고 부정했다.

여기서 말을 어물거렸다간…… 상상만 해도 오금이 저렸다.

순수한 힘은 제쳐두고, 아마 난 정신적으로는 시실리를 평생 못 이기지 않을까?

"큭큭큭. 필사적이군."

"오그! 야, 인마! 갑자기 왜 그런 근거도 없는 이야기를 꺼낸 거야! 하마터면 대참사가 벌어질 뻔했잖아!

주로 나와 시실리의 관계에!

"훗, 뭐. 충고하지. 넌 세계를 정복할 수 있는 힘을 가진데다 미처 다 쓰지 못할 정도의 부까지 가졌고, 덤으로 아

내는 미인인 성녀야. 이 정도면 질투의 대상으로 삼기에는 더할 나위 없는 인재겠지?"

"그, 그런 거야?"

"그런 거다. 그러니 지금처럼 아니 땐 굴뚝에 불을 지르려는 방화범이 나타나도 전혀 이상할 게 없어. 그 예행연습이었다고 생각해."

"그랬구나⋯⋯."

오그는 날 걱정해서⋯⋯.

아니, 그보다 방화범이라니⋯⋯.

"속으시면 안 됩니다, 신 님. 평소와 다름없는 전하의 나쁜 장난이니까요."

"토르, 넌 또 왜 가르쳐주는 거야?"

"내 감동을 돌려줘!"

이 녀석은! 이 녀석은 진짜!

"유명하다는 말이 나와서 생각난 건데, 전하. 그건 어떻게 됐나요?"

평소처럼 오그에게 따지려고 했더니 앨리스가 난데없이 영문 모를 질문을 했다.

그거?

"신 군의 이야기가 책으로 나온다는 거 말이에요!"

⋯⋯완전히 잊고 있었다.

그러고 보니 스이드 왕국에서 돌아온 뒤로도 이런저런 소동에 휘말렸으니 에피소드는 충분히 쌓였을 터.

"아, 그거 말이군. 그거라면……."

"그거라면?"

"다음 주에 발매될 거다."

"에피소드가 쌓인 걸 걱정할 때가 아니었어?!"

다음 주에 발매?! 바로 직전이잖아!

"걱정하지 마. 네 적당주의적 면모는 빼고 진심으로 세계를 구하려 하는 영웅적인 사고관의 인물로 묘사했으니까."

"그러면 뭐…… 아니, 잠깐! 적당주의는 또 뭐야!"

딱히 틀린 말은 아니지만!

"원고를 읽었을 땐 아주 배를 잡고 웃었지."

"왜 영웅적인 이야기를 읽고 배를 잡는 건데!"

어째서야!

"죄송합니다, 신 님. 저도…… 풉…… 웃겨서……."

"소인도 복근이 끊어지는 줄 알았소이다."

토르와 율리우스까지!

"……어떤 내용인지 신경 쓰이기 시작했어."

"전하, 전하! 저희도 발매 전에 읽어볼 수 없나요?!"

"그렇게 말할 줄 알았지."

오그는 이공간에서 뭔가를 꺼냈다.

"이게 견본품이다."

발매를 앞둔 바로 그 책이었다.

그것도 열세 권이나.

선생님 것까지 포함해서 전원이 한 권씩 읽을 수 있는 양이었다.

발매 일주일 전이니 당연히 책은 완성됐겠지만, 설마 벌써 가지고 있을 줄은 몰랐다.

"먼저, 신. 네 이야기니까."

오그는 그렇게 말하며 나에게 책을 건넸다.

일단 받기는 했지만…… 으으, 읽고 싶지 않아!

"다음은 클로드. 네 이야기도 많이 나오니 두 번째로 받을 권리가 있겠군."

"가, 감사합니다……."

시실리도 뭐라 형언할 수 없는 표정을 지었다.

하긴 민망할 거다.

"다음은 메시나. 너도 제법 많이 나와. 이걸로 더 유명해지겠지만, 이상한 남자에게 걸리지 않도록 조심해."

"아, 알았다구요."

마리아도 내가 왕도에 와서 처음으로 사귄 친구 중 하나이니 등장 빈도가 많은 건 당연하리라.

나머지는 다들 고만고만한 모양인지 한꺼번에 나누어주었다.

……오그 자식, 분명 귀찮아진 거군.

그리고 조회를 하려고 교실로 들어온 알프레드 선생님에게도 책을 준 후, 마침 첫 교시가 마법 실습 시간이라 다들 내용을 읽어보기로 했다.

　하지만…….

“아하하하하! 누구야? 이건!”
　앨리스가 폭소했고.
“『할아버지, 저는 이 힘으로 세계 평화에 이바지하고 싶습니다』라니……. 『저』? 『싶습니다』?”
　마리아는 어깨를 부들부들 떨면서 읽었다.
“너무 그렇게 웃지 마~. 그것보다 여기 이 『아우구스트. 내 힘이라도 상관없다면 언제든지 빌려주마. 우리의 우정은 영원해』라니……. 풉, 우후훗. 아하하하!”
　유리도 아무래도 나인 듯한 책 속 인물의 대사에 폭소를 터트렸다.
“저, 전…… 이런 말한 적, 없는데…….”
　시실리도 책 속에서 등장하는 자신의 대사에 괴로워했다.
　하긴 『전 당신을 만나기 위해 태어났답니다. 이 몸과 마음은 전부 당신의 것이에요』라는 나도 들어본 적 없는 대사가 나왔으니 당연하겠지.
“큭…… 월포드 군…… 복근이 터질 것 같아…….”
　냉정하게 읽는 줄 알았던 린까지 이런 평가를 내리는 판국이었다.

하지만 에피소드의 내용 자체는 사실이라 강하게 반박하기도 미묘했고, 벌써 다음 주가 발매라고 하니 대사를 바꾸는 건 아무래도 무리일 듯 싶었다.

그런가. 이게 세상에 나오는 건가…….

지인이 읽을 거라고 생각하니 죽고 싶어졌다.

"뭐, 이 책을 읽고 지금처럼 웃을 수 있는 건 기껏해야 한 줌밖에 안 돼. 이걸 읽게 될 9할 9푼 이상은 이 이야기에 감동하고, 신 월포드는 세계 평화를 바라는 선량한 인물이라고 생각하게 될 거다."

그건 설마…….

"내 인상을 조작하려고 일부러 이런 이야기로 만든 거야?"

편집은 알스하이드 왕국이라는 걸 보아하니 작가에게 처음부터 이렇게 쓰라고 주문한 걸까?

정말 알스하이드 왕족에게는 매번 폐만 끼치는 것 같았다.

"아, 이건 완전히 작가의 창작이야. 이걸 처음 읽었을 때 아바마마와 에리는 폭소했지만, 어마마마와 메이는 눈을 반짝이면서 읽더군. 뭐, 이거라면 대중이 신에게 악감정을 품게 될 리는 없을 거라고 판단해서 허가한 거다."

"젠장! 내 감동을 돌려줘!"

우연이었던 거야?!

진짜! 이 왕족들은 정말이지!

나는 본인이 주인공인 책을 읽고 대체 이게 누구냐고 한

탄했던 할아버지의 심정을 충분하다 못해 넘칠 정도로 공감하면서 다음 주에 발매될 『신(新) 영웅 이야기』를 끝까지 다 읽었다.

그나저나 『신 영웅 이야기』라니······.

할아버지가 주인공인 책의 제목이 『영웅 이야기』라 손자인 내 책은 속편 취급인 건가.

"음~ 내가 보기엔 폭소가 나올 만한 대목은 없는 건 같은데 말이지. 교실 안에서만 알고 지내서 그런가?"

모두와 마찬가지로 책을 다 읽은 알프레드 선생님은 그렇게 평가했다.

담임인 알프레드 선생님이 그런 인상을 받았다는 말에는 놀랐지만, 곰곰이 생각해보니 내가 여기저기서 일으킨 소동에 직접적으로 관여한 적은 거의 없었다.

이 정도면 나와 직접적인 면식이 없는 사람은 더하겠지.

이 책에서 다룬 내용이야말로 진실이고 내가 정말 이런 사람이라고 믿지 않을까 싶다.

뭐랄까······ 모두가 진짜 나와는 완전히 딴판인 신 윌포드를 먼저 떠올릴 것 같아서 무서웠다.

이게 유명세라는 걸까?

전생에서도 연예인들이 당시에는 전혀 예상치도 못한 사실을 훗날 폭로하기도 한 것이 떠올랐다.

"그런 고로 앞으로 대중은 너를 무척 영웅다운 인물로 인식할 거다. 그러니 행동을 좀 더 자중해."

"······왠지 점점 족쇄가 늘어나는 듯한 기분이야."

"포기해. 그게 세계적인 유명세라는 거니까."

······방금 오그가 뭔가 흘려들을 수 없는 소리를 하지 않았나?

"······세계적인?"

"그래. 이 책은『전 세계 동시 발매』니까."

······.

거, 거짓말!

"어째서?! 어째서 알스하이드 왕국에서 편집한 책이 전 세계로 발매되는 건데!"

"그야 당연하잖아? 조부모가 세계적인 영웅인 손자의 이야기인데? 전 세계의 사람들이 읽고 싶어 할 게 분명해. 아니, 그보다 통신기로 각국의 발주를 받았으니 초판은 이미 발송됐을 거다. 슬슬 지금쯤이면 서점 창고에 납품되지 않았을까?"

그럴 수가······. 전 세계의 사람들이 이걸 읽는다니······.

"적어도 마인령 공략 작전이 시작되기 전까지는 출간하고 싶었어. 사태가 수습된 후에는 늦잖아?"

"그런 것까지 배려할 필요는 없는데······."

확실히 정보 조작이라면 전투가 시작된 후에는 의미가 없겠지만, 그것보다 내가 아직 마음이 준비가 덜 됐다고!

"알스하이드보다 오히려 다른 나라에 네가 위험한 존재가 아니라는 걸 알려야 하니 어쩔 수 없어. 포기해."

……이럴 줄 알았으면 그냥 유명해지지 말 걸.

◆

토르는 자신이 주인공인 책이 알스하이드뿐만 아니라 전 세계에 출간된다는 것에 좌절한 신을 바라보면서 아우구스트에게 말을 걸었다.

"전하도 참 사람이 나쁘시군요. 독자가 신 님에게 나쁜 인상을 갖지 않는 글을 쓰라고 작가에게 주문했던 건 전하이시지 않습니까."

"……그랬던가?"

"그러셨소이다."

토르와 율리우스는 이 책이 영웅다운 사고방식으로 세계 평화를 바라는 인물의 이야기가 된 것은 우연이 아니라 아우구스트의 지시였다는 것을 알고 있었다.

"……신에게는 말하지 마."

"후후, 쑥스러우신 겁니까?"

"……이젠 말빨이 제법이군. 토르."

"하하, 죄송합니다. 신 님의 영향을 받은 걸지도 모르겠네요."

"······뭐, 됐다. 신이 알면 우쭐댈 테니 우연히 이런 내용이 된 거라고 생각하게 내버려둬."

"전하께서도 참 솔직하지 못하시구려."

그리고 정말로 쑥스러웠던 것이리라.

그런 아우구스트의 심경을 눈치챈 토르와 율리우스는 따스한 눈으로 그를 바라보았다.

어릴 적부터 왕자의 학우로 선출돼서 함께 성장해온 두 사람이었지만, 그 관계에는 역시 거리감이 있었다.

하지만 최근에는 그런 태도가 많이 사라지기 시작했다.

그건 물론 바람직한 변화였지만······.

"너희들······ 신에게 악영향을 너무 많이 받았다고."

아우구스트는 그저 탄식할 수밖에 없었다.

제4장 부끄러우면서도 기쁜 호칭 GET

이 세계의 유일한 종교인 창신교.

워낙 종파가 전 세계적으로 다양하다 보니 이젠 아예 다른 종교가 아닐까 싶은 것들도 있지만, 그 모든 종파의 총본산은 같은 곳에 있었다.

과거에 창신교의 신자이자 교의를 지키기 위해 순교한 순교자 이스.

그 순교자의 이름을 딴 나라 『이스 신성국』이었다.

창신교의 총본산이기도 한 이 나라에서 국가원수는 대대로 창신교의 교황이 겸임하는 것이 관습이었다.

그런 절대적인 권력을 자랑하는 교황의 방을 대사교보다 신분이 한 단계 위인 추기경이 방문했다.

"예~."

추기경이 문을 두드리자 안에서 여자 목소리가 들렸다.

"예하, 저입니다."

"어머, 열려 있어. 들어와."

"실례하겠습니다."

공손한 태도로 교황의 방에 들어온 추기경은 의자에 앉아서 책을 읽는 30대 중반의 여성을 바라보았다.

이 여성이 바로 이스 신성국의 국가원수이자 전 세계에 수많은 신자를 거느린 창신교의 교황이었다.

"오, 독서 중이셨습니까."

"응. 당신, 이거 몰라? 요즘 항간에서 유행이라는데."

여성이 자신이 읽던 책의 표지를 보여주자, 추기경은 고개를 주억였다.

"아, 그 책이라면 저도 샀습니다."

"어머, 그래? 재밌었지?"

"예. 아무튼 요즘 화제가 무성한 『신의 사도』라 불리는 자의 이야기니까요."

그렇다. 두 사람이 거론하는 화제는 바로 신이 주역인 『신 영웅 이야기』였다.

예전에 나왔던 『영웅 이야기』의 주역이 그의 조부인 멀린이라 그 속편이라는 의미에서 이런 제목이 되었다는 모양이다.

그리고 신 본인은 전혀 예상하지 못했겠지만, 이 책은 현재 전 세계에서 출간되는 동시에 매진 사태가 속출하는 초대형 베스트셀러가 되었다.

주인공인 신은 항간에선 『신의 사도』라고 불리기까지 할 정도였다.

신 본인이 그렇게 자칭한 건 아니었다.

전에 신과 친형제처럼 친한 지크프리트도 언급했던 것처

럼 자의식을 지닌 마인 올리버 슈투름의 출현이라는 인류가 처음으로 경험하는 위기에 마치 그에 대항하는 것처럼 나타난 신의 존재에, 어쩌면 신(神)이 정말로 존재해서 이런 시나리오를 쓴 게 아닐까 하는 낭설이 사실처럼 퍼지게 되었기 때문이다.

그래서 결과적으로 신은 『마왕』이라는 호칭뿐만 아니라 『신의 사도』라는 호칭까지 얻게 된 것이다.

그러자 신을 신봉하는 집단인 창신교, 그리고 그 조직을 이끄는 자들도 더는 신의 존재를 무시할 수 없게 되었다.

무엇보다 신은 『성녀』라 불리는 소녀의 약혼자이기도 했다.

하물며 본인도 과거에 성녀라 불렸던 교황은 새로이 등장한 『성녀』의 존재를 주목하고 있었다.

그런 경위 때문에 신이 지금까지 걸어온 행적이 그려진 이 『신 영웅 이야기』는 창신교 관계자 사이에서 널리 읽히게 되었다.

그리고 그건 조직의 톱인 교황과 추기경도 다르지 않았다.

"이것만 보면 그는 정말로 신의 사도라 불리기에 부끄럽지 않은 인물인 것 같더군요."

추기경은 이 책에서 나오는 신의 모습에 호감을 갖게 된 모양이었다.

하지만 교황의 인상은 약간 다른 듯했다.

"이 책이 정확히 사실을 묘사한 거라면…… 확실히 그럴지도."

이 이야기가 사실만 적힌 거라는 생각이 도저히 들지 않았기 때문이다.

"사실……입니까? 하오나 이 책에 여기 적혀 있는 건 실제로 신 월포드가 하고, 이루어낸 일입니다. 의심할 여지는 없으리라 사료됩니다만."

"확실히 업적은 그럴지도 몰라. 하지만 인물상까지 정확히 묘사된 건지는 의심해볼 여지가 있어."

확실히 그 말대로였지만, 추기경은 그래도 의아했다.

"예하, 그런 생각이 든 근거라도 있으신 겁니까?"

"그치만 『현자의 손자』잖아? 그럼 정상적인 인간일 가능성이 훨씬 적은 게 당연한걸!"

교황은 약간 흥분한 기색이었다.

이런 반응을 처음 본 추기경이 놀라서 눈을 크게 뜨자, 교황은 헛기침을 하며 얼버무렸다.

"저기, 예하. 현자님이시지 않습니까. 세계적인 영웅의 손자분이니 당연히 훌륭한……."

"당신은 현자의 진짜 얼굴을 몰라."

현자의 진짜 얼굴? 그게 대체 무슨 소리일까.

멀린 월포드는 이 세상에 존재하는 모든 마법에 통달해 『현자』의 칭호를 받은 것으로 대중에게 알려져 있다.

그런 그의 손자이자, 멀린조차 뛰어넘은 마법사라고 하는 신 월포드.

멀린이 주역인 이야기인 『영웅 이야기』와 지금까지 상연된 무대만 봐도 그의 행동에 이의를 제기하는 자는 없었다.

그 모든 것이 세계를 지키기 위한 행동이었고, 실제로 세계를 구해냈으므로.

추기경 본인도 한창 젊을 때는 동경하던 인물이었다.

그런데 그런 현자의 진짜 얼굴이라는 건 대체 무슨 뜻일까.

잠시 고민에 잠겼지만, 그래도 답은 나오지 않았다.

"그러고 보니 예하께선 예전에……."

"맞아. 난 현자의 진짜 얼굴을 알고 있어. 그 『영웅 이야기』와 전혀 다른 인물상인 현자의 모습을."

교황은 그렇게 말하며 『신 영웅 이야기』에 시선을 내렸다.

"그 경험에서 말하건대, 이 책에는 진실이 적혀 있지 않을 가능성이 커."

"그, 그렇습니까?"

추기경은 아직도 믿기지 않았다.

사정을 캐묻고 싶었지만, 그럴 수는 없으리라.

"그리고 이 조모……."

"아, 도사님 말씀이십니까."

전작뿐만 아니라 『신 영웅 이야기』에도 나오는 신의 조모 멜리다 보웬.

이 책에선 다정하고 마음이 넓은 성격으로 묘사되는 그녀는 신의 행동을 깊이 이해해주는 또 다른 영웅이었다.

"하하, 신 님이 부럽더군요. 이런 다정한 할머⋯⋯."

"이건 완전히 거짓말이야! 그 사람이 이런 성격일 리 없잖아!"

조금 전보다 훨씬 흥분한 교황의 모습에 추기경은 다시 눈을 부릅뜰 수밖에 없었다.

"다정한 데다 마음이 넓고 늘 미소가 끊이지 않는 조모? 이런 묘사가 된 시점에서 이 책의 내용 자체가 수상하다구⋯⋯."

그리고 이번에는 얼버무릴 여유도 없는지 계속 뭔가 투덜거렸다.

추기경은 그냥 못 본 척하고 나가버리고 싶었지만, 아직 이 방을 찾은 목적을 달성하지 못했기에 일단 마음을 가라앉히고 입을 열었다.

"죄송합니다만, 예하. 오늘 제가 찾아온 건 이 책에 관한 말씀을 나누기 위해서가 아닙니다만."

"앗?! 아, 응. 그랬지! 무슨 용건인데?"

교황은 황급히 태도를 고쳤다.

이미 늦었다는 걸 알면서도 교황으로서의 위엄은 유지해야 했기 때문이다.

그런 교황의 모습을 확인한 추기경은 그제야 용건을 밝히기 시작했다.

"오늘은 세계 수뇌 회의의 일정을 전해드리러 왔습니다."

"어머, 벌써 정해진 거야?"

"예. 저번 삼국 회담 후에 알스하이드에서 소개한 통신기를 도입해서 각국과의 연락이 매우 수월해졌습니다. 그래서 벌써 조정이 끝난 겁니다."

"통신기라……. 그러고 보니 여기에도 나왔었지."

교황은 다시 『신 영웅 이야기』에 관심을 보였다.

그러자 추기경은 교황이 또 흥분하는 것을 막기 위해 한 가지 제안을 했다.

"그렇게 신경 쓰인다면 직접 만나 보시는 게 어떻습니까."

"직접?"

"예. 그들, 얼티밋 매지션즈도 이번에 개최하는 세계 수뇌 회의에 참석한다고 하더군요."

교황은 잠시 고민한 후 뭔가를 결심한 듯 고개를 끄덕였다.

"확실히 그건 좋은 생각이네. 역시 신경 쓰이니까 한 번 만나 봐야겠어."

"그러하시지요."

그렇게 해서 교황은 『신의 사도』라 불리는 소년과 만나서 그의 인물상을 직접 확인하기로 했다.

"아, 그런데 무슨 이유를 대야 할까? 신 월포드의 진면목을 확인하러 왔다고 솔직히 말할 수는 없을 텐데."

"마침 좋은 구실이 있습니다. 이건 지난 회의에서 정해진 겁니다만……."

추기경이 뭔가를 말한 후.

"그거 참 좋네! 그걸로 해!"

교황은 반색하며 찬성했다.

◆

각료 회의에서 마인령 공략 작전에 합의를 얻은 며칠 후, 언제 또 마인의 침공이 시작될지 모르니 다시 곧 담 왕국에 각국의 사람들이 모여들었다.

이번에는 각료가 아니라 국왕과 대통령 같은 국가원수들이었다.

이른바 이 세계 최초의 정상 회담인 셈이었다.

여기서는 세계 수뇌 회의라 불리고 있지만 말이지.

이번에 열릴 회의에서는 세계 연합의 조인식과 마인령 공략 작전 출진식이 동시에 이루어질 예정이다.

물론 담 왕국에 연합군이 전부 모일 수는 없으므로 출진식에는 국가원수의 호위군과 상부, 그리고 연출을 위해 일부의 병사들이 참가할 예정이라고 한다.

그리고 성명은 통신기를 통해 연합국 전체에 동시 중계된다.

각국의 통신기에는 확성 마도구도 설치되어서 각국의 군과 민중도 실시간으로 들을 수 있기 때문이다.

세계 최초의 동시 중계인 셈이다.

그리고 성명이 끝나면 각국의 군은 그대로 마인령을 침공할 예정이다.

현재 담 왕국은 다른 6개국의 국가원수들이 모여서 그란지 경계 태세가 어마어마하게 삼엄했다.

도로 봉쇄와 철저한 신분 조회. 시민증이 없는 사람은 즉시 구속되었다.

뭐, 첫 세계 수뇌 회의인 데다 지금 이곳에 모인 건 국가원수들뿐이라 만약 테러라도 일어난다면 세계 전체에 큰 피해를 입힐 테니 최대한 만전을 기하고 싶은 거겠지.

나는 그런 광경을 얼티밋 매지션즈에 배정된 담 대성당의 위층 방 창문에서 내려다보고 있었다.

"하아, 굉장하네. 담 왕국 국민들이 긴장한 게 피부로 느껴질 정도야."

"그야 당연하지. 전 세계는 아니지만, 각국의 국왕과 창신교의 교황이 모여 있는 자리니 말이다. 여기에 만약 무슨 일이 일어난다면 마인과는 다른 이유로 세계가 위기에 빠질 테니까."

내 혼잣말에 오그가 대답했다. 내용만 들으면 냉정하게 말하는 것 같지만, 웬일로 약간 흥분한 기색이었다.

아무튼 오늘은 역사상 최초로 각국의 국가원수들이 한자리에 모인 날이었다.

물론 세계에 나라가 이 일곱 개만 있는 건 아니고, 이스와 엘스 너머에도 많은 나라들이 있다고 한다. 그리고 다른 대륙도.

이번에는 어디까지나 마인의 피해가 막대할 것으로 예상되는 마인령에 인접한 나라들뿐이었지만, 그럼에도 여태까지는 상상조차 할 수 없는 일이었다고 한다.

그런 국가들의 톱이 처음으로 한 자리에 모인 것이다.

이번 행사의 메인은 조인식이었지만, 뒤에서는 이런저런 다양한 회담이 열릴 예정이라고 한다.

이것을 계기로 많은 것들이 움직이기 시작할지도 몰랐다.

어쩌면 앞으로 이 회담이 정기적으로 열리게 될지도 몰랐다.

그런 외교의 전환기인 첫 번째 회합에 참석하게 됐으니 아무리 오그라도 흥분하는 게 당연하리라.

"일단 아직까지 혼란이나 소동이 일어난 건 같지는 않으니 이대로 아무 일도 없이 끝날 것 같네."

"그럼 좋겠다만……."

"뭐야. 뭔가 마음에 걸리는 일이라도 있어?"

"아니……."

왠지 오그의 태도가 모호했다.

평소에는 아무렇지 않게 속이 시커먼 발언을 툭툭 내뱉는 녀석이 그러면 엄청 신경 쓰이거든?

"음…… 실은……."

오그가 그제야 뭔가 말하려 한 순간, 노크 소리가 들렸다.

"누구세요?"

"실례합니다! 저, 저기 그게! 얼티밋 메지션즈 여러분께 인사를 드리고 싶다는 분께서 찾아오셨습니다!"

방의 경호를 맡은 병사가 매우 긴장한 목소리로 손님의 방문을 알렸다.

알스하이드의 근위병이고 이쪽과도 면식이 있는 사람이라 우리에게 긴장한 건 아닐 터.

그렇다면 긴장하게 한 원인은 손님 쪽일 테지만, 자주 봐서 익숙할 테니 디스 아저씨는 아닐 것 같다. 그럼 대체 누구지?

"흠, 누구라고 하시는가."

오그의 질문에 돌아온 것은 상상을 초월하는 대답이었다.

"이스 신성국의 예카테리나 교황 예하이십니다."

창신교의 교황?!

그런 사람이 우리 방에는 뭐 하러?! 다른 나라의 국가원수지만, 이 세계의 인간들은 대부분 창신교의 신도들이라고 하니 병사가 긴장한 것도 무리는 아니리라.

"뭐어~?! 교황 예하께서~?!

"거짓말! 어쩌지?! 난 이런 옷차림인데!"

유리가 보기 드물게 큰 소리로 외쳤고, 앨리스는 얼티밋 매지션즈의 전투복 차림이라는 것을 부끄러워했다.

야! 만들어준 사람 앞에서 실례잖아!

창신교의 교황이 이 방을 찾아올 거라는 말을 듣고 다른 일행들도 일제히 긴장하는 기색을 보였다.

하긴, 무리도 아니리라. 창신교의 교황이라면 각국의 국왕이나 왕족보다 격이 높은 구름 위의 존재.

모두의 정신적인 지주이기 때문이다.

"알았다. 들어오시라고 해."

"알겠습니다."

오그가 약간 긴장한 얼굴로 명령을 내렸다.

그렇게 해서 호위병의 안내를 받으며 창신교의 현 교황이 모습을 드러냈다.

결코 화려하지는 않지만, 신성한 인상을 주는 하얀 법의를 입은 30대 중반 정도의 여성이었다.

허리까지 기른 아름다운 플래티넘 블론드. 자애로 가득한 파란 눈동자와 부드러운 미소로 보는 이에게 더할 나위 없는 안심감을 주는 사람이었다.

교황치곤 꽤 젊은 편이지 않을까.

"처음 뵙네요, 아우구스트 전하. 이스 신성국 대표이자 창신교의 교황을 맡고 있는 예카테리나 폰 프로이센이라고 합니다."

"정중한 인사에 감사를. 저도 처음 뵙겠습니다. 알스하이드 왕국의 왕태자 아우구스트 폰 알스하이드입니다. 그리고 이쪽이……."

오그가 나를 손으로 가리켰다.

나, 나도 자기소개를 해야 하는 건가?

"처, 처음 뵙겠습니다. 얼티밋 매지션즈의 대표인 신 월포드라고 합니다."

이러면 되나? 그렇게 생각하자 마침 예카테리나 교황이 부드럽게 웃으며 나에게 말을 걸었다.

"그래. 네가…… 『신의 사도』 『마왕』 신 월포드 군이구나."

"시, 신의 사도요?"

그건 또 뭐야? 신의 사도라니…… 뭔가 또 엄청난 게 붙었잖아!

이미 마왕이라는 호칭으로 충분하니 더 늘리지 말라고!

그러자 교황은 이쪽으로 다가오더니 내 눈을 지그시 바라보았다.

"이번 마인 출현은 그야말로 세계의…… 인류 존망의 위기야. 그런 시대에 인류 역사상 최강이나 다름없는 실력자인 네가 나타난 거지. 그래서 우리는 네가 신이 보내주신 사도라고 여기고 있단다."

"그, 그런 건 과대평가예요."

"그래? 딱히 틀린 것 같지는 않은데?"

그 말을 듣고 가슴이 철렁했다.

확실히 난 특수한 입장이었다.

전생의 기억이 있을 뿐만 아니라 살았던 세계조차 달랐으니까.

만약 정말로 신이 존재한다면 뭔가 의도가 있어서 내 영혼을 이쪽 세계에 전생시킨 걸지도 모른다는 생각도 충분히 할 수 있었다.

설마…… 이 사람은 그걸 알고…….

나를 빤히 쳐다보는 예카테리나 교황은 모든 걸 꿰뚫어보고 있는 게 아닐까 하는 기분이 들었다.

그리고 한층 더 캐물었다.

"네가 쓰는 마법은 꽤 특수하다고 들었어. 그래서 혹시나 했는데……."

"하하, 아니에요. 전 신의 지시 같은 건 받은 적 없는걸요."

어떻게 잘 얼버무린 걸까? 교황도 내가 쓰는 마법이 특수해서 그렇게 생각한 거지 진심으로 신의 사도라고 믿은 건 아닌 모양이었다.

잠시 확인해본 느낌이랄까?

그건 그렇고 『신의 사도』라니…… 대체 어느새 또 그런 호칭이 붙어 버린 걸까.

"그리고…… 너니?"

교황은 그렇게 말하며 내 옆에 있던 시실리에게 시선을 돌렸다.

이젠 나에게 관심을 잃은 모양이다.

솔직히…… 안도했다.

"처음 뵙겠습니다. 시실리 폰 클로드라고 해요."

"어머! 역시 그랬구나! 이제야 만났어!"

그러고 보니 교황도 옛날에는 『성녀』라고 불렸고, 현재 같은 칭호로 불리는 시실리를 꽤 주목하고 있다고 들었다.

그런 시실리를 만나서 흥분한 건지 손을 덥석 잡고 싱글 벙글 웃었다.

"저기, 너. 괜찮니? 주위에서 '성녀 주제에'라든가 '성녀답게 행동해!'라고 시끄럽게 굴진 않고?"

"아, 예. 딱히 그렇지는……."

"그래? 나 때는 아무튼 주위에서 잔소리가 심했어. 내가 성녀라고 자칭한 적도 없는데 사사건건 트집이나 잡고."

이건 의외였다. 예카테리나 교황은 성녀라는 칭호가 내키지 않았던 걸까?

"총본산파의 신자는 연애도 결혼도 출산도 가능한데 난 성녀라고 전부 금지하는 거 있지? ……주위의 여자 시종들이나 신자들은 하나둘씩 결혼해서 퇴직하는데도…… 그러면서 풀러는 기분 나쁘게 치근덕대질 않나……."

어째 교황도 마음속에 어둠을 품고 있는 듯했다. 의외로 남의 험담도 하고 있고…….

"저는…… 그렇게 불리기 시작한 게 신 군과 약혼한 뒤라 딱히 그런 건 없었어요. 그리고 성직자도 아닌걸요."

"아, 맞아! 그러고 보니 이 작전이 끝나면 내가 너희 결혼식의 주례를 서는 게 정식으로 결정돼서 그 말을 전해주러 온 거였어!"

예카테리나 교황 본인이 그 사실을 전해주러 온 모양이었다.

결국 정식으로 결정된 겁니까…… 그런 건가요…….

"예에에?! 굉장하잖아, 시실리!"

"시실리 양은 좋겠다."

"그렇게 부러우면 올리비아도 같이하면 돼."

"참아주세요! 중압감 때문에 죽을지도 모른다구요!"

자칭 마을 소녀인 올리비아에게는 힘든 일이리라.

린도 다 알면서 말한 게 아닐까.

그건 그렇고 책이 나온 데다 결혼식 주례까지 교황이 선다면…… 또 눈에 띄겠지.

내가 그렇게 먼눈을 하고 앞으로 있을 성가신 일들을 떠올리고 있자 교황의 관심이 다시 내 쪽으로 돌아왔다.

"후후, 그리고 보니 읽었어요. 월포드 군의 이거."

그리고 이공간에서 『신 영웅 이야기』를 꺼냈다.

"으헉?! 그, 그건…… 황송합니다."

설마 이런 사람까지 저 책을 읽었을 줄이야.

"멋진 이야기였어. 네 마음가짐뿐만 아니라 클로드 양과의 연애도. 이 책을 읽고 너희의 결혼식 주례를 맡게 된 게 정말 자랑스럽게 느껴졌단다."

교황은 그렇게 말하더니 한층 더 부드러운 미소로 우리 둘을 바라보았다.

이 사람이…… 진짜 성녀. 전 세계에 신도를 거느린 세계

유일 종교의 정점인가.

지금은 『성모』라는 칭호가 더 어울릴 법한 자애로운 표정이라 나와 시실리도 자연스럽게 미소를 지을 수 있었다.

"다만, 너희만 주례를 서주면 여러모로 말이 많아서 아우구스트 전하와 합동결혼식이 되겠지만, 그 점은 참아주렴."

"물론이죠. 오히려 그렇게 해주시지 않으면 더 곤란한걸요."

어디서 감히 왕태자를 제치고! 라는 소리를 듣고 싶지는 않으니 말이다.

"감사합니다, 교황 예하. 제 약혼자, 엘리자베트도 기뻐할 겁니다."

"아우구스트 전하도 이 두 사람의 좋은 이해자이자 지지자이신걸요. 우후후, 이 책은 틀림없이 베스트셀러가 될 거랍니다. 주요 등장인물 중 두 커플이나 주례를 서게 되다니⋯⋯ 창신교의 교황으로서도, 이 책의 팬으로서도 정말 기쁘네요."

가끔 보여주는 이런 세속적인 모습도 그녀의 매력 중 하나이리라. 이스 신성국과 창신교의 신도가 그녀를 따르는 이유가 왠지 납득이 갔다.

"자, 그럼 용건은 전했으니 슬슬 실례할게요. 내일은 세계 연합의 조인식과 출진식. 세계에 평화를 되찾기 위해 서로 힘내보죠."

"예, 반드시."

오그가 힘찬 목소리로 대답하자 교황은 미소 지은 얼굴로 고개를 끄덕인 후 우리 방을 나갔다.

"……하아…… 설마 교황 예하께서 직접 오실 줄은 몰랐군."

역시 오그도 긴장했나 보다.

깊은 한숨을 내쉬며 소파에 힘없이 주저앉았다.

평소에는 남들 앞에서 절대로 보여주지 않는 모습.

그만큼 긴장하느라 심력을 쓴 모양이었다.

이스 신성국의 국가원수일 뿐만 아니라 창신교의 교황이기도 하니 이 세계의 사람이라면 누구나 마찬가지가 아닐까.

"……신 군은 별로 긴장하질 않네요."

마찬가지로 어지간히 긴장했던 건지 시실리가 옆에서 한숨을 내쉬었다.

"음~ 전에도 말했지만, 난 왕도에 오기 전까진 종교가 있는지도 몰랐거든. 교황님의 위대함 같은 것도 딱히 실감이 안 간다고 해야 할지……."

"교황님이라니……."

"신자들 앞에선 절대로 그렇게 부르면 안 돼요!"

마리아가 기막혀 했고 시실리는 황급히 주의했다.

"나, 나도 알아."

"정말로요? 신 군이라면 교황 예하 앞에서도 얼마든지 『교황 씨』라든가 『예카테리나 씨』라고 부를 것 같은데요."

"아, 아무리 나라도 그렇게까지 예의가 없진 않아."

내가 그렇게 말했더니 다들 의심스러운 눈초리를 보냈다.

……어? 설마 그런 무례한 인간이라고 생각했던 거야?

"전하와 폐하께 하는 태도를 보면……."

"신 군은 예의 같은 건 내 알 바 아냐! 라고 생각하는 줄 알았는데!"

"실례야! 나도 그 정도 예의는 지킨다고!"

디스 아저씨는 친척 아저씨나 다를 바 없고 오그는 사촌 형제 포지션이니까 이제 와서 딱히 조심할 것도 없잖아?

하지만 다른 윗사람들에게는 제대로 예의를 지켰다고!

"아무튼 남들 앞에서는 교황 예하라고 불러주세요. 부탁이에요."

시실리의 부탁이라면 어쩔 수 없지. 남들 앞에서는 그렇게 부르도록 하자.

"……시실리 앞에서는 점점 고개를 들 수 없게 되고 있네."

마리아의 실례되는 발언은 무시했다.

◆

창신교 교황 예카테리나가 자신의 방으로 가는 도중에 시종이 질문을 던졌다.

"어떠셨습니까? 그 신 월포드는."

예카테리나는 걸으면서 대답했다.

"흠, 그 책은 알스하이드 왕국에서 편집했으니 인격을 꽤 많이 보정한 줄 알았는데…… 그런 건 아니었나 봐. 말투는 그렇다 쳐도 딱히 야심은 없어 보였어."

"그렇습니까."

"그보다 마음에 걸리는 점도 있었어."

"마음에 걸리는 점이요?"

"사도 말야."

"예?"

예카테리나는 신의 인격보다 다른 부분을 주목하고 있었다.

여기에 있는 건 창신교의 톱인 데다 곁을 따르는 시종도 신분이 높은 인물이라 신의 존재를 부정할 수는 없었다.

하지만 실제로 신을 직접 영접한 사람은 아무도 없었다.

신이란 건 평범한 일상생활 속에서 느끼는 마음의 안식처로 여기는 실정이었다.

그런데도 교황은 신의 태도에서 뭔가 느끼는 바가 있는 듯했다.

"그에게 주님께서 보내주신 사도가 아니냐고 물어봤더니…… 부정은 했지만, 명백히 동요했었어."

"어, 어찌 된 일일까요? 설마…… 정말로 신의 사도인 건……."

가까이에서 보지 못한 시종은 제대로 보지 못한 모양이었지만, 신과 가까이 있었던 예카테리나는 자신이 사도에 관해 질문했을 때 그가 명백히 동요했다는 것을 눈치챘다.

하지만 알게 된 건 그것뿐.

실제로 신과 접촉했는지는 확인하지 못했다.

"글쎄. 그건 모르겠어. 주님의 지시를 받은 적은 없다고 하던걸."

"……지시는 받지 않았다라."

그 말투에 시종도 뭔가 느끼는 바가 있는 듯했다.

"응. 그렇다면…… 그는 어쩌면…… 주님을 뵌 적은 있는 걸지도 몰라."

창신교의 최대 권력자인 그녀가 그렇게 느낀 이상 신은 『신의 사도』로 결정된 것이나 다름없었다.

"……교황 예하."

"응. 월포드 군에게는 미안하지만, 이것도 세계의 평화를 위해서야. 그는 인류의 마음을 하나로 모으기 위한 우상이 되어 줘야겠어."

이제 곧 조인식을 앞둔 최종 회의가 열릴 예정이다.

창신교 교황인 예카테리나는 담 대성당의 복도를 걸으며 그 회의에서 각국의 정상들에게 어떤 승인을 받아내기로 결심했다.

◆

창신교의 교황인 예카테리나 씨를 만난 다음날, 드디어 조인식과 출진식이 개최되었다.

장소는 담 대성당.

조인 문서에 각국의 국가원수가 잇따라 서명한 후, 그 문서는 그대로 담 대성당에 보관될 예정이었다.

신전 앞에서 세계 연합 체결을 끝난 다음에는 담 대성당 앞에 빼곡히 모인 각국의 군대와 민중 앞에서 출진식을 하고 그대로 마인령 공략 작전이 시작되리라.

지금 대성당 안에서는 조인식이 한창 진행되는 중이었다.

이제 곧 대성당 문이 열리고 출진 선언이 울려 퍼질 것이다.

"머지않았네."

"응. 이게 끝나면 또 전처럼 평화로운 세상으로 돌아오겠지. 어떻게 해서든 이 작전을 성공시켜야만 해."

오그는 다시 한 번 작전의 성공을 맹세했다.

"으으…… 긴장돼."

"괜찮니? 마리아."

마리아는 여전히 긴장한 모양이라 시실리가 걱정하는 시선을 보냈다.

한편, 그녀는 이번 작전에서는 나와 시실리와 같은 팀이 되었다.

오그는 평소처럼 토르, 율리우스와 같은 팀.

마리아와 올리비아와 토니가 한 팀.

그리고 앨리스와 린과 유리로 한 팀.

오그 팀의 토르와 율리우스는 측근 겸 호위라 당연히 빠실 수 없었다.

마크와 오그는 커플이고 토르는 최근 여친을 한 명으로 줄였다고 해서 리얼충으로만 팀을 편성.

그리고 앨리스와 린이 확정에 유리를 더해서 균형을 잡아 봤다.

무슨 균형을 잡았는지는 비밀이다.

그런 식으로 내가 팀을 편성했을 당시의 기억을 떠올리고 있자 마침내 대성당 문이 열렸다.

그리고 안에서 호위를 뒤에 거느린 7개국의 국가원수들이 나란히 모습을 드러냈다.

그들이 호위를 옆에 세우지 않고 나란히 선 것은 세계 연합의 의의를 상징하는 것이리라.

그런 세계 최초의 광경을 본 순간, 관중들 사이에서 커다란 환호성이 터졌다.

대성당 앞에 설치된 무대 위에서 출진 선언을 맡은 건 예카테리나 교황이었다.

창신교의 교황인 그녀의 말과 카리스마라면 다른 나라의 국민들도 솔직하게 받아들일 거라는 계산으로 정해졌다고 한다.

국가원수들 사이에서 교황이 앞으로 나섰다.

우리는 무대 위의 구석 쪽에서 다른 나라의 상부 인사들과 나란히 서 있었지만, 예카테리나 교황은 앞으로 나서는 도중에 날 돌아보더니 가볍게 웃었다.

……뭐지? 왠지 불길한 예감이 드는데…….

『이 자리에 모여주신 여러분. 그리고 이 통신을 듣고 계실 연합국의 여러분. 마침내 때가 됐습니다. 우리 인간이 이 세계를 지배하려고 하는 마인들을 토벌할 때가 온 겁니다!』

예카테리나 교황의 선언에 담 대성당 앞에 모인 관중들이 다시 큰 환호성을 터트렸다.

아마 이 통신을 듣는 사람들도 같은 반응을 보이고 있으리라.

『하오나 여러분 중에는 정말로 마인을 토벌할 수 있을지 불안해하시는 분들도 많을 겁니다.』

뭐지? 갑자기 부정적인 발언을 시작했잖아? 이런 자리에서 저런 건 삼가는 편이 좋을 텐데…….

당연히 관중들이나 우리 주위에 있는 인사들도 당황하고 있었다.

『하지만 여러분. 안심해주십시오. 우리에게는 주님이 함께 하십니다. 그 증거로 주님께선 그를…… 신 월포드를 보내주셨으니까요!』

…….

잠까아아아아안! 뜬금없이 이게 무슨 소리야?!

『저는 그와 직접 만나보고 확신했습니다. 그야말로 주님께서 보내주신 우리의 희망이라고! 그를 곁에서 지탱해주는 소녀가 성녀라 불리게 된 것 또한 필연이라고!』

내가 신의 사도니까 성녀가 반려인 게 당연하다는 건가? 그런 건 완전히 억지 논리잖아!

『저는 확신합니다! 신의 사도가 있는 한 우리의 승리는 틀림없을 거라고! 자, 여러분! 그를 도와 세계에 평화를 되찾는 싸움을 시작하는 겁니다!』

예카테리나 교황이 선언을 마친 순간.

"""와아아아아아아아아아아아아아아아아아아아아!"""

오늘 최대의 환호성이 폭발했다.

마치 지진이라도 일어난 것처럼.

실제로 그 어마어마한 음량 때문에 공기가 떨리는 게 느껴질 정도였다.

그리고 그런 환호성 속에서 이번 작전을 세운 도미니크 국장이 호령했다.

『전군! 출진!』

그러자 연출을 위해 대성당 앞에 모인 군인들이 성벽 밖을 향해 진군하기 시작했다.

이 통신을 들은 연합군도 일제히 출진했을 터.

예카테리나 교황의 단호한 선언에 회장의 분위기가 최고조에 도달했다.

그리고 무대 위에서 그 광경을 만족스럽게 지켜보던 예카테리나 교황이 제자리로 돌아오려고 등을 돌린 순간, 그녀는 나와 시선을 마주치더니 혀를 빼꼼 내밀며 윙크했다.

이봐요! 나이를 좀 생각하시라고요!

의외로 잘 어울리긴 했지만!

그건 그렇고 대중 앞에서 이런 발언을 해도 되는 건지 의아해서 디스 아저씨 쪽을 봤더니 엄청 웃고 있었다.

젠장! 다들 미리 짰던 거구나!

"잘됐네, 신."

"뭐가!"

"이걸로 넌 신의 사도다. 완전히 인류의 편으로 인식된 거지."

"……그건…… 그렇지만."

또 부끄러운 호칭이…….

할아버지와 할머니가 호칭으로 불리는 걸 싫어한 이유를 뼈저리게 깨달았다.

이건 확실히 괴로웠다.

"그리고……."

"……응?"

"다음 권에 쓸 소재도 생겼군."

그것만은 진심으로 사양하고 싶거든?!

◆

이스 신성국 국가원수이자 창신교의 교황인 예카테리나의 연설로 신은 창신교가 공인하는 『신의 사도』가 되었다.

하지만 그 연설을 듣고 분노와 실망감을 느낀 두 사람이 있었다.

한 명은 각료 회의에서 신을 작전의 중심으로 세우는 것에 반대했던 담군 사령관 랄프였고, 또 한 명은…….

"저 기지배가…… 어디서 감히."

알스하이드에서 예카테리나 교황의 연설을 들은 멜리다였다.

멀린과 멜리다는 규격 외의 힘을 지닌 신이 정치적인 목적으로 이용되는 것을 좋게 보지 않았다.

하지만 지금은 마인이 대량으로 발생한 비상사태였다.

이런 상황인데도 신의 힘에 의지하지 말라고 할 생각은 없었다.

하물며 신에게는 세계를 구하겠다는 명확한 의지가 있었다.

그런 신을 전략적으로 의지하려는 심정은 충분히 이해할 수 있었다.

그래서 멜리다는 신이 서서히 영웅으로 떠받들어지는 것에 이의를 제기한 적은 없었고, 대중을 상대로 한 인상 조작의 일환으로 신이 주인공인 이야기를 출판하는 것도 반대하지 않았다.

하지만 이번만큼은 별개였다.

창신교의 교황이라는 이 세계의 실질적인 톱.

그런 인물이 연합국을 향해 그가 신의 사도라고 당당하게 선언해버린 것이다.

이것으로 신을 창신교의 중요 인물로 인식한 자도 결코 적지는 않으리라.

이 선언을 계기로 알스하이드 외의 나라에서도 신을 정치적으로 이용하려는 자들이 나올지도 몰랐다.

멀린과 멀리다는 그것을 무엇보다 용납할 수 없었다.

"큭큭큭…… 이건 좀 혼쭐을 내줘야겠군."

화가 머리끝까지 치민 건지 갑자기 웃기 시작한 멜리다를 알스하이드에 설치된 출진식 행사장에서 함께 선언을 들은 알스하이드 왕국의 왕비 줄리아와 그녀의 딸인 일왕녀 메이와 아우구스트의 약혼자이자 공작 영애인 엘리자베트가 기겁한 얼굴로 바라보았다.

"멜리다 님이 무서워요……."

"쉿! 메이, 들리면 어쩌려고 그래요!"

메이는 난생 처음 보는 멜리다의 모습에 공포에 질렸고, 엘리자베트는 혹시 메이의 말이 들리지는 않았을지 안절부절 못했다.

"미안하지만, 잠시 볼일이 생겼구나. 난 이만 실례하지."

"예…… 저기, 아무쪼록 살살 부탁드려요."

앞으로 일어날 사태를 예상한 줄리아가 애처로운 표정으로 부탁했다.

"멀린! 지금 당장 담으로 가야겠어!"

하지만 멜리다는 듣지 못한 건지, 아니면 일부러 무시하는 건지 대답하지 않고 구석에서 공기가 되어있던 멀린을 불렀다.

"하아…… 알았어. 담 대성당으로 가면 되겠나?"

멀린은 그렇게 말한 후 게이트를 열었다.

그렇게 멀린과 멜리다가 게이트 너머로 사라지자 줄리아가 그제야 혼잣말을 흘렸다.

"그이들은…… 살아 돌아올 수 있으려나?"

그녀의 딸인 메이와 며느리가 될 예정인 엘리자베트는 무슨 뜻인지 몰라 서로의 얼굴을 마주보고 고개를 갸웃거렸다.

◆

조금 전의 연설로 분위기가 크게 고조된 출진식을 마친 후 각국의 국가원수들은 다시 담 대성당으로 돌아왔다.

"이야~ 굉장히 호응이 좋더군요."

"음, 신 군을 신의 사도로 인정한 덕분에 이 싸움에 승기가 있다는 인식이 침투한 거겠지."

"우후후, 오랜만에 활약했네요."

국가원수들은 출진식의 성공에 무척 기뻐했다.

그중에서도 특히 기분이 좋아 보인 건 엘스 대통령인 아론, 알스하이드 국왕 디세움, 이스 신성국 대표인 창신교 교황 예카테리나였다.

그들은 국가행정의 최고책임자지만, 전시에는 국민을 고무시켜야하는 역할이기도 했다.

그런 의미에서 조금 전의 연설은 연합국의 전 국민에게 용기와 희망을 주는 멋진 내용이었다.

하지만 그들은…… 특히 창신교 교황인 예카테리나는 조금 전의 연설을 들은 신의 보호자가 어떤 생각을 할지 조금도 눈치채지 못했다.

"야이 기지배야!"

대성당 복도에 갑자기 울려 퍼진 고함.

그 목소리를 들은 호위들은 적의 침입을 예상하고 긴장했다.

아무튼 이 자리에 있는 건 세계의 정상들.

여기서 만에 하나의 일이 벌어졌다간 그대로 세계가 혼란에 빠질 정도의 VIP들이었다.

그렇게 되는 것만은 절대로 막기 위해 검을 쥔 손에 힘이 들어갔다.

다만, 이 자리에 있는 건 모두 국가원수들이었다.

크건 작건 간에 신변의 위험을 느껴본 적 있는 자들뿐이었다.

그래서 바로 신속히 피난하리라 예상했다.

하지만 이 자리에 있는 인물들 중 세 사람이 몸을 움찔거리더니 그대로 굳어버리고 말았다.

그것도 하필이면 알스하이드, 엘스, 이스라는 3대 대국의 국가원수들이.

세계의 정상 중에서도 가장 이런 경험이 많았을 세 인물이 방금 들린 목소리에 심상치 않은 두려움을 드러내고 있었다.

그것을 본 다른 국가원수들과 호위들은 그 정도로 강력한 적이 나타난 게 아닐까 하며 덩달아 위협을 느꼈다.

이윽고…… 기둥 뒤에서 모습을 드러낸 것은.

"너어…… 잘도 그런 짓을 저질렀겠다?"

"스, 스승님!"

신의 조모인 멜리다였다.

그리고 겁에 질린 국가원수 중 예카테리나 교황이 그녀의 모습을 보자마자 그렇게 외치자 이스 신성국의 사람들이 특히 놀라움을 드러냈다.

스승.

교황은 방금 틀림없이 그렇게 말했다.

그러고 보니 예카테리나는 소녀 시절 신자로서의 수행을 위해 이스 신성국을 떠난 후 어떤 파티와 합류해 각국을 돌아다녔다고 한다.

그리고 그 여행을 마치고 이스로 돌아온 그녀는 주위와 차원이 다른 힘을 지녀서 성녀라 불리게 되었다.

분명 그 파티는······.

"스스스스승님?! 어어어어째서 여기에?!"

"네 웃기지도 않은 연설을 듣고 온 게 당연하잖아!"

그렇다. 현자 멀린과 도사 멜리다의 파티였을 터.

예카테리나 교황이 스승으로 섬기는 전 세계의 영웅인 도사 멜리다가 바로 눈앞에 있는 인물이었던 것이다.

게다가 지금은 상당히 화가 난 상태였다.

그녀의 박력 앞에서 호위들은 옴짝달싹도 못 하고 마른침을 삼켰다.

멜리다가 예카테리나 교황을 향해 천천히 다가오는 모습을 그저 지켜볼 수밖에 없었다.

이윽고······.

쿠웅!

"아얏!"

모두가 주목하는 가운데 멜리다는 예카테리나의 정수리에 주먹을 내리찍었다.

"이, 이게 무슨 짓이에요?!"

인정사정없이 머리를 얻어맞은 예카테리나는 머리를 누르며 울상이 된 얼굴로 항의했다.

멜리다는 그런 예카테리나를 일갈했다.

"뭐고 자시고! 우리 손자를 이딴 일에 이용했으니 각오는 됐겠지?!"

"그, 그건……."

예카테리나는 신이 멀린과 멜리다의 손자로 자랐다는 것을 알고 있었다.

알고는 있었지만, 긴급 사태라 분명 그녀라면 이해해줄 거라고 믿었다. 그래서 디세움에게 고개를 돌려 설득해달라고 애원했다.

"……."

하지만 디세움은 식은 땀을 흘리며 시선을 피했다.

"잠깐만요! 오빠, 너무해요!"

멀린과 멜리다의 여행에 동참했다는 건 디세움과도 일행이었다는 뜻이다.

예카테리나는 당시에 그를 오빠라고 불렀고 그건 지금도 사적인 자리에서는 여전했다.

참고로 그의 아내인 줄리아는 언니라고 불렀다.

그런 사형에게 배신당한 예카테리나는 절망적인 표정을 지을 수밖에 없었다.

그러자 옆에서 조심스럽게 교황을 돕기 위해 끼어든 자가 있었다.

"저, 저기…… 오랜만입니다, 스승님. 그게…… 이쯤에서 그만하시는 편이 낫지 않을까요?"

"아앙?!"

"히익?!"

바로 엘스 자유 상업 연합국의 대통령인 아론 제니스였다.

"아, 뭐야. 애송이였나."

"아, 아니, 스승님. 마흔을 넘은 아저씨에게 애송이는 좀……."

"애송이는 애송이지. 그럼 뭐야. 자네, 지금 엘스 대통령이 됐다고 내 앞에서 거들먹거리려는 건가?"

"여, 여전히 스승님께는 못 당하겠구만요……."

조금 전부터 멜리다에게 애송이라고 불리는 엘스 자유 상업 연합국의 대통령 아론 또한 젊었을 적에 멀린 일행과 함께 여행한 동료였다.

행상인으로서 각국을 돌아다니던 그는 여행 도중에 마물의 습격을 받아 목숨이 경각에 달린 순간, 멀린 일행의 도움을 받아 간신히 목숨을 건진 적이 있었다.

그래서 그 보답으로 여행의 안내역을 맡았고, 도중에 사냥한 마물의 소재를 교섭으로 비싸게 팔아서 파티의 경비를 책임졌다.

그도 멜리다를 스승으로 부르는 것은 그 교섭 방법을 가르쳐줬던 게 당시의 그녀였던 데다 훗날 독립할 때 본인이 개발한 마도구의 권리도 몇 개쯤 양도해줬기 때문이었다.

그 권리를 기반으로 사업을 시작한 그는 눈 깜짝할 사이에 대상인이 되었고 마침내 대통령까지 되었다.

즉, 멜리다는 그의 사업 밑천을 만들어준 것뿐만 아니라 엘스에서 대통령이 될 기반을 닦아준 가장 큰 은인이었던 것이다.

그래서 세 사람 중에서는 멜리다 앞에서 특히 고개를 들지 못하는 처지였다.

과거에 행상인으로서 각국을 떠돌아다녔던 그는 40대라는 생각이 들지 않을 정도로 다부진 체격과 얼굴을 한 위장부였다.

그런 때론 엄격하면서도 믿음직한 아론 대통령이 멜리다 앞에서 쩔쩔매며 안색을 살피고 있었으니, 엘스 관계자들은 당혹스러움을 감추지 못하는 게 당연했다.

"디세움."

"아, 옙!"

그리고 멜리다는 세 제자 중 가장 오랫동안 알고 지냈던 맏이인 디세움을 지명했다.

그러자 바로 등을 곧게 펴고 대답하는 디세움의 모습은 대국 알스하이드의 국왕이라기 보다 교사에게 혼나는 학생의 모습을 연상하게 했다.

실제로 본인도 그런 심경이었다.

"왜 막지 않은 게야?"

"아, 아뇨⋯⋯. 그건⋯⋯."

멜리다가 노려보자 디세움은 말문이 막혔다.

세 제자 중에서도 가장 오랫동안 그녀와 알고 지낸 그는 멜리다가 상당히 화가 났다는 것을 눈치채고 몸이 반사적으로 굳어버렸기 때문이다.

"정좌."

"예?"

그런 디세움을 본 멜리다는 3대 대국의 국가원수에게 해선 안 될 명령을 했다.

"정좌하라고."

"""예!"""

하지만 디세움을 비롯한 3대 대국의 국가원수들은 신속하면서도 고분고분하게 응했다.

지금 이 상황과는 관계없는 아론까지 덩달아서.

멜리다는 먼저 예카테리나 교황의 앞으로 다가갔다.

"자…… 먼저 너."

"아, 예!"

예카테리나는 정좌한 자세로 등을 꼿꼿하게 펴며 대답했다.

"신의 책은 읽었니?"

"예."

"그럼 봤을 텐데? 신을 군사나 정치적인 목적으로 이용하는 건 허락할 수 없다고. 그런데 이게 뭐니. 네가 한 짓은 완전히 정치적인 이용이었어. 내 말이 틀려?"

"그건…… 예."

"신의 규격을 벗어난 힘을 인류를 위해 쓰겠다는 것에 반대하진 않아. 하지만 이건 아니잖아?"

"……예."

멜리다는 신의 힘을 세계 평화를 위해 쓰는 건 괜찮지만, 종교적 우상으로 만든 건 정치적 이용이라고 질타했다.

예카테리나는 힘없이 어깨를 늘어트렸다.

그 모습을 보고 반성했다고 여긴 멜리다는 이어서 디세움의 앞으로 이동했다.

"디세움."

"아, 예!"

디세움도 등을 꼿꼿하게 펴며 대답했다.

"자네도 왜 막지 않은 거지?"

"그, 그건…… 신 군이 사도로 인정되면 대중도 그를 인류의 편으로 인식할 거라고 생각해서…….."

"그렇게 신을 배려해주는 건 기쁘네만, 이 기지배가 그런 선언을 하면 어떤 영향이 갈지 생각하지 못한 건가?"

"……죄송합니다. 이걸로 신 군이 인류의 적이 되지 않을 거라고 선언할 기회라는 생각밖에…….."

"하아…… 잘 듣게, 디세움. 신이 이스나 창신교와 아무런 관계도 없다는 건 자네가 증명해. 알겠지?"

"예…… 죄송합니다."

신을 위해서 한 일이 오히려 쓸데없는 오해를 불러일으킬지 모른다는 것에 생각이 미친 디세움도 어깨를 힘없이 늘어트렸다.

그리고 멜리다는 마지막으로 아론 앞에 섰다.

"애송이."

"아, 예!"

"……자네는 왜 또 정좌한 게야?"

"아니, 그게…… 아하하하, 저도 모르게 옛날 버릇이 튀어나왔나 봅니다."

멜리다가 예카테리나와 디세움 옆에 다소곳이 정좌한 아론을 보고 의아해 하자, 그는 그렇게 대답할 수밖에 없었다.

옛날에도 어지간히 자주 혼이 났는지 멜리다의 호통을 듣자마자 조건반사적으로 정좌했던 것이리라.

그런 아론의 모습에 멜리다는 한숨을 내쉬며 세 사람에게 말했다.

"너희는 진짜…… 아무리 나이를 먹어도 손이 가는 건 여전하구나."

"""아, 아하하하…….""

세계에서도 가장 영향력이 큰 알스하이드 왕국, 엘스 자유 상업 연합국, 이스 신성국.

3대 대국이라고도 불리는 나라의 국가 원수들이 동시에 정좌한 채 설교를 듣는 경천동지할 광경에 다른 나라의 국가원수들과 호위들은 완전히 넋을 잃고 아무런 반응도 할 수 없었다.

그리고 멜리다의 분노가 자신에게 튀지 않도록 평소보다 더 공기처럼 변해서 그 광경을 지켜보던 멀린은 어이가 없어서 한숨을 내쉬었다.

"······틀림없이 멜리다야말로 이 세계의 갓 파더, 아니 갓 그랜마겠구만······."

"방금 뭐라고 했지?"

"아, 아니! 아무것도 아닐세!"

멀린은 3대 대국의 수뇌들조차 차마 고개를 못 드는 멜리다에게 아무리 혼이 나도 태연한 신이 왠지 거물처럼 느껴지기 시작했다.

이윽고 정좌를 그만해도 된다는 허락을 받은 세 사람은 그제야 멜리다의 뒤에 서 있는 멀린의 존재를 눈치챘다. 그리고 평소에도 자주 만나는 디세움을 제외한 두 사람이 반가운 얼굴로 인사했다.

"선생님! 오랜만이에요!"

"아저씨! 건강해보이셔서 다행입니다!"

"음, 자네들도 건강해보여서 다행이군."

멀린이 방긋 웃으며 대답한 순간, 예카테리나와 아론은 마치 유령이라도 본 듯한 얼굴을 했다.

"어? 선생님? 어? 진짜?"

"아저씨····· 많이 둥글어지셨군요."

옛날의 멀린이라면 상상조차 못할 온화한 말투에 놀란 두 사람은 한순간 정말 본인이 맞는지 의심했다.

"⋯⋯자네들은 대체 날 뭐라고 생각한 겐가."

그런 예카테리나와 아론의 반응을 본 멀린의 관자놀이에 시퍼런 힘줄이 돋았다.

하지만 두 사람은 가차없이 대답했다.

"예? 전투에 사족을 못 쓰는 전투광?"

"걸어 다니는 부조리 그 자체 아니었습니까?"

두 사람의 대답은 세간에 일반적으로 퍼진 현자의 이미지와는 정반대였다.

하지만 멀린의 본질은 두 사람의 말대로였다.

그래서 예카테리나는 추기경에게 『영웅 이야기』에서 나오는 현자의 모습은 진짜가 아니라고 말했던 것이다.

책에서 묘사된 멀린은 예카테리나가 아는 인물과는 완전히 딴판이었다.

본인을 만나기 전까지는 정말 좋아했던 책이지만, 본인을 만나고 진실을 알았을 때 환상이 소리를 내며 무너지고 말았다.

그래서 신의 『신 영웅 이야기』도 처음에는 믿지 못했던 것이다.

"예에?! 전부터 스승님 앞에선 기를 못 펴시는 건 알고 있었지만, 설마 이렇게 온화해지실 줄은 상상도 못 했는걸요!"

"대체 무슨 일이 있었던 겁니까?!"

멀린은 조금 전부터 실례되는 말만 하는 두 사람에게는 조금 더 벌이 필요하다고 판단했다.

"이 두 사람, 아직 정좌가 부족하다는 모양이네만."

""잠깐만요! 갑자기 그게 무슨 말씀이세요?!""

두 사람이 이구동성으로 항의했지만, 멜리다는 웃으며 대답했다.

"큭큭큭, 그 두 사람의 말대로야. 당신의 과거를 돌이켜보면 틀림없지. 본인의 행실이나 반성해."

"……설마 여기서 배신당할 줄은."

아군인 줄 알았던 멜리다가 실은 적이었다.

멀린은 크게 낙담했다.

그 모습을 본 예카테리나와 아론은 더더욱 경악했다.

그리고 두 사람이 헤어진 뒤에도 자주 만난 디세움에게 이게 어떻게 된 일이냐고 시선을 보내자, 그는 멀린이 완전히 다른 사람처럼 변한 이유를 설명했다.

"신 군일세."

"월포드 군?"

"그와 대체 무슨 관계가 있다는 겁니까?"

하지만 두 사람이 알아듣지 못하자 디세움은 더 자세히 설명했다.

"멀린 님은 아직 갓난아기였던 신 군을 거두었을 때 친 손자처럼 키우기로 결심하셨지. 그리고 할아버지는 손자에게 다정하면서도 위대한 존재가 되어야한다는 멜리다 님의 설득을 받아들여서 말투부터 행동거지까지 전부 교정하셨던 걸세."

신을 거둔 후 의도적으로 지금의 모습이 된 거라는 설명에 두 사람은 도저히 믿지 못하는 눈으로 멀린을 바라보았다.

물론 멀린으로서는 그 시선도 매우 신경에 거슬렸다.

아마 손자로 키웠기에 멀린은 할아버지로서의 마음가짐과 처신을 익히게 된 것이리라.

만약 아들로 키웠다면 이 정도까지 크게 변하지는 않았을 지도 몰랐다.

한편, 예카테리나는 왜 하필이면 『아들』이 아니라 『손자』였 는지 묻고 싶으면서도 내심 알고 싶지 않은 이율배반적인 기 분이 들었지만, 결국 마지막까지 아무 말도 하지 못했다.

세 사람에게 한 차례 설교를 마친 멜리다는 멀린의 게이 트 마법으로 알스하이드에 돌아갔다.

예카테리나와 아론은 그런 둘의 뒷모습을 아연실색한 얼 굴로 쳐다볼 수밖에 없었다.

"저건 뭐죠?"

"음? 아, 게이트 마법 말이군. 들어본 적 없나?"

"분명 책에는 월포드 군만 쓸 수 있는 마법이라고…… 잠 깐! 방금 선생님께서도 쓰셨잖아요?!"

"흠, 그 부분은 약간 정정이 필요하겠군. 지금 게이트 마법은 얼티밋 매지션즈 전원이 쓸 수 있고 멀린 님께서도 쓸 줄 아시지."

""예에?!""

옛날에는 쓰지 못했던 마법을 새로 습득했다는 멀린.

과거와는 딴판으로 변한 모습에 잠시 당황했지만, 여전히 마법에는 탐욕스러운 자세에 두 사람은 묘한 안도감을 느꼈다.

한편, 다른 국가원수들과 시종들과 호위들은 방금 일어난 일들을 그저 멍하니 지켜볼 수밖에 없었다.

그리고 멀린과 멜리다가 떠난 후 누군가가 불쑥 이런 말을 꺼냈다.

"왠지…… 태풍이 지나간 것 같은 기분이로군."

남겨진 자들의 심경은 그 한 마디로 대변할 수 있었다.

◆

멜리다 외에도 예카테리나 교황의 발언에 실망을 감추지 못한 인물이었던 랄프는 마차로 마인령을 향해 이동하는 중이었다.

그는 담 왕국의 군사부분을 담당하는 군무 사령장관이었다.

창신교가 깊이 뿌리를 내려 국민 대부분이 창신교도인 담 왕국에서 경건한 신도이자 공명정대한 인품으로 널리 알려진 그는 민중과 국왕의 신뢰도 매우 두터운 인물이었다.

하지만 지난 각료 회의에서의 처신이 국내에서 파문을 일으키고 말았다.

신 월포드의 작전 참가를 거부했기 때문이다.

이 회담 내용은 세계의 명운이 걸렸다고 해도 과언이 아닌 만큼 전부 일반 공개되었다.

그 의사록에 랄프가 마지막까지 신을 작전의 핵심으로 삼는 것에 반대했다는 기록이 남아버린 것이다.

대중들도 이미 신이 두 차례에 걸친 마인의 침략을 막아내고 절반에 가까운 수를 토벌했다는 사실을 알고 있었다.

그런 인류의 희망인 신 월포드를 작전에서 빼라고 한다는 건 상식적으로 이해할 수 없는 일이었다.

혹시 랄프 장관과 신 월포드 사이에 어떤 갈등이 생긴 게 아닐까?

그런 소문이 실시간으로 눈덩이처럼 불어나는 바람에 현재 담 왕국에서는 가장 뜨거운 가십거리로 부상해 있었다.

그런 화제의 주인공이 된 랄프는 현재 자신과 뜻을 함께한 동지들과 함께 마차에 타고 있었다.

"이럴 수가. ……하필이면 교황 예하께서 신 월포드를『신의 사도』로 인정하실 줄이야."

"포트만 장관님. 전 참을 수가 없습니다! 그런…… 창신교도도 아닌 인간이『신의 사도』로 떠받들어질 뿐만 아니라 교황 예하께서 직접 결혼식 주례를 서신다니요! 그 신 월포드 란 놈이 어디서 감히!"

창신교 내부에서도 소수파인 신과 시실리를 『신의 사도』와 『성녀』로 인정하지 않는 군인이 거친 목소리로 항의했다.

마차에 동승한 자들은 저마다 『신의 사도』로 정식 인정을 받은 신을 험담했지만, 이렇게 된 건 전부 본인이 바란 게 아니라 주변 인물들과 예카테리나 교황의 독단이었다.

그래서 멜리다에게 호되게 혼이 난 거였지만, 그들은 그런 사실은 일절 언급하지 않고 이 모든 것들을 당연한 것처럼 누리게 된 신에게 비난을 집중했다.

랄프의 주위에 모인 자들은 모두 경건한 창신교도들이었다.

이 세계를 창조한 창조신을 신봉하며 선행을 쌓아 사후에 신의 곁으로 가는 것이 목적인 종교에서, 그런 신이 내려 보 낸 인물은 마땅히 존경해야 하는 게 당연했다.

하지만 그 『신의 사도』라 불리는 인물은 창신교도가 아니 라 한다.

신이 보낸 사도가 무신론자라니…… 이보다 더 말도 안 되는 일이 어디에 있겠는가.

원래 그 때문에 신에게 『신의 사도』라는 호칭을 허가하는 것에 반대했었지만, 더구나 최근에는 전투 중에 제비뽑기를 하는 경박한 인물이라는 사실까지 판명되고 말았다.

그러니 그들로선 도저히 받아들일 수가 없었던 것이다.

참고로 시실리를 성녀로 받아들일 수 없는 건 창신교도이지만, 성직자는 아니기 때문이었다.

현 교황이 성직자로서의 수행 끝에 받은 칭호를 성직자도 아닌 자가 쓰는 것에 반발한 것이다.

그래서 랄프는 교황이 내린 칭호를 거두게 하기 위해 어떤 제안을 꺼냈다.

"……이건 우리가 공적을 세워서 교황 예하께 신 월포드 따위는 필요 없다는 것을, 그자의 활약이 환상에 불과했다는 걸 알게 해드릴 수밖에 없겠군."

"그렇습니다, 랄프 님. 다행히도 그 신 월포드와 시실리 폰 클로드는 우리 담 왕국으로 파견됐으니 놈들 이상의 공적을 주위에 일목요연하게 보여줄 절호의 기회가 되겠군요."

"흠. 처음에는 파견된 얼티밋 매지션즈의 멤버가 그자들이란 걸 알았을 때는 실망했다만…… 이건 어쩌면 주님의 인도일지도 모르겠군."

"오오, 그렇다는 건 주님께서 자비를 내려주신 건 우리 쪽이라는 뜻이군요!"

"후후, 그런 거다. 신 월포드. 네놈 뜻대로 되게 내버려두진 않겠다."

사실 말도 안 되는 논리였지만, 어떻게 해서든 신의 사도라는 칭호를 거두게 하려는 생각에 필사적으로 자기합리화를 시도했다.

예카테리나 교황이 전 세계에 대놓고 선언해버린 데다 그대로 마인령 공략 작전이 시작된 탓에 구체적인 방침을 전혀 정하지 못해 조바심을 느꼈기 때문이리라.

그리고 마리아는…… 완전히 안중에도 없었다.

◆

예카테리나 교황의 충격적인 선언으로 나는 세계 연합 각국에 『신의 사도』로 인정되고 말았다.

하지만 항의하고 싶어도 많은 사람들이 지켜보는 앞에서 교황의 말에 대놓고 반박할 수도 없는 노릇이라 섣불리 나설 수가 없었다.

어쩌면 이것도 계산에 포함된 게 아닐까?

출진식 중이라면 내가 항의할 수 없으리라는 것까지 말이다.

알스하이드에서 낸 책과 창신교 교황의 선언 덕분에 내 힘이 세계의 위협으로 인식될 일은 사라졌지만…….

"내가 모르는 곳에서 호칭이 계속 늘어나고 있어……."

진심으로 어떻게 좀 하고 싶었다.

게다가 전부 내가 듣기엔 민망한 호칭뿐이었다.

"뭐, 어때. 호칭이라는 건 실력을 인정받은 사람만 얻을 수 있는 건데. 나도 뭔가 받고 싶을 정도인걸."

아직 호칭이 없는 마리아가 속편한 소리를 했다.

"······그럼 내가 생각해줄게."

어디 남이 제멋대로 붙인 호칭을 듣고 수치심에 몸부림쳐 보라지!

뭐가 좋을까? 마리아에게 어울리는 호칭이라면······.

······불민한 소녀······?

"뭐, 뭐야. 왜 날 그런 불쌍해하는 눈으로 봐?"

마리아도 미소녀이긴 한데 말이지······. 마인을 단독으로 해치울 수 있을 정도로 강하기도 하고. 그런데 왠지 눈에 띄지 않는다고 해야 할까, 그림자가 옅다고 해야 할까······.

마리아에게도 좋은 사람이 생겼으면 좋겠는데 말이다.

아, 그럼 이게 괜찮을지도.

"『사랑의 구도자』는 어때?"

"좋아. 냉큼 밖으로 따라 나와, 신!"

"마차가 달리는 도중인데? 마리아."

"신경 쓰지 마! 헛소리를 지껄인 신에게 한 방 먹여줄 테야!"

흠, 아무래도 마음에 안 드셨나 보다.

달리는 마차에서 밖으로 나가려 하자 시실리가 말렸지만, 마리아는 그걸 뿌리치고 당장에라도 밖으로 나가려 했다.

날 데리고.

위험하니까 그만해.

출진식에 참석했던 우리는 현재 각자 담당한 나라의 군대와 합류한 후 출진 거점에서 마차를 타고 이동하는 중이었다.

나와 시실리와 마리아 팀은 담 왕국으로.

오그 팀은 크루트로.

리얼충 팀은 카난으로.

앨리스, 린, 그리고 유리의 어떤 격차 팀은 스이드로 파견되었다.

여름 방학 때 다 함께 각국을 방분해보길 잘했다.

다들 게이트로 언제든지 각국의 군과 합류할 수 있을 테니까 말했다.

그리고 지금은 마차로 마인령의 경계인 구 제국 국경으로 가고 있었다.

나는 하늘을 날 수 있지만, 다른 멤버들은 아직 부유 마법을 쓸 수 없는 데다 제트 부츠로 이동하기에는 거리가 너무 멀어서 이렇게 마차를 타고 가는 중이었다.

그 마차 안에서 마리아가 마력을 거칠게 뿜어대고 있었다.

⋯⋯이러다 전장에 도착하기도 전에 부상을 입을지도.

"노, 농담이야. 너한테도 금방 좋은 사람이 생길 거야."

"⋯⋯가진 자의 여유라는 거니? 아주 잘나셨어 정말."

⋯⋯마리아가 삐뚤어졌다.

정말로 누가 좀 빨리 나타나주지 않으려나⋯⋯.

"보고 드립니다! 전방에 다수의 마물 무리가 출현했습니다!"

마물 말고!

"후후⋯⋯ 잠깐 괜찮을까?"

"뭐, 뭔데요?"

무서워서 나도 모르게 경어로 대답하고 말았다.

"그 마물…… 내가 죽여도 돼?"

눈앞에 나타난 건 이상적인 남친이 아니라 마물이었다.

그래서 마침 울분을 풀 좋은 기회라고 생각한 건지 마리아가 흉흉한 말을 꺼냈다.

"어? 그치만 대형까지는 군인들이 대처한다고……."

"……한 방 날리고 싶은 기분이거든."

미소가 무서워!

지금은 거스르지 말고 하고 싶은 대로 내버려두는 편이 나을 것 같았다.

"저기, 실례합니다."

"예! 무슨 용건이십니까! 사도님!"

마차와 나란히 말을 몰고 있던 담 왕국의 기사에게 말을 걸었더니 평범하게 사도님이라는 대답이 돌아왔다.

"으…… 그 호칭은 좀……."

"예?"

"……아무렴 어때. 저기, 마물 토벌의 첫 공격을 저희가 해도 될까요?"

"사도님께서 말씀이십니까?"

"제가 하는 건 아니지만요. 일단 모두가 저희의 실력을 알아두는 편이 좋을 것 같아서요."

"그렇군요! 알았습니다! 지휘관에게 전하고 오겠습니다!"

기사는 그렇게 말하고 앞으로 달려갔다.

마리아가 마법을 쓸 변명으론 나쁘지 않은 것 같았다.

실제로 군에서 우리 실력을 알아두는 것도 작전에 필요한 일일 테니까 말이지.

잠시 후, 내가 말을 걸었던 기사가 돌아왔다.

"보고 드립니다! 첫 공격만 부탁드립니다! 대형까지의 마물을 토벌하는 건 원래 저희 쪽 역할이니까요!"

"예, 그건 알아요. 어디까지나 저희의 실력을 알려드리는 게 목적이거든요."

"알겠습니다! 그럼 개시를 부탁드립니다!"

기합 한 번 단단히 들어갔네. 그만큼 이번 작전을 중요하게 생각한다는 뜻이겠지.

우리도 뭔가 공헌할 수 있도록 애써봐야겠다.

"마리아, 첫 공격만 허가를 받았어."

"알았어."

이윽고 진군을 멈춘 담·엘스·이스 혼합군은 마물을 요격할 태세를 갖추었다.

개시를 맡은 마리아는 마차에서 나오더니 제트 부츠를 써서 마차 지붕에 착지한 후 팔짱을 끼고 당당하게 섰다.

이윽고 마물 무리가 사정거리 안에 들어오자 마리아 주위에 농밀한 마력이 모이기 시작했다.

마력 제어 훈련을 시작한 지 약 반 년. 이제는 마리아도 상당량의 마력을 제어할 수 있게 되었다.

그리고 나에게 배운 마법의 『과정』을 이미지하는 방법.

마리아가 선택한 건 바람의 마법이었다.

막대한 마력을 제어한 마리아는 그 마력을 마법으로 변환했다.

"받아랏! 이 자식들아아아아!"

그리고 수많은 바람의 칼날이 마물 무리를 엄습했다.

그녀가 날린 마법이 마물들을 유린했다.

그리고 그 바람들이 모여 회전하더니 이윽고 회오리바람이 되었다.

거기에 말려든 마물들은 회오리바람 속에서 하나둘 씩 차례차례 갈기갈기 찢겨나갔다.

……어지간히 화가 났었나 보다.

정밀함이라곤 눈곱만큼도 찾아볼 수 없는 모든 것을 유린하는 대마법이었다.

"마리아도 참…… 저렇게 화낼 것까진 없는데."

"시실리, 그 말은 절대로 마리아 앞에선 하지 마."

화가 난 원인은 나였으니 말이다.

나는 마리아가 설마 저렇게까지 화가 났을 줄 몰라서 놀랐고 시실리는 난처해했다.

주위에서 상황을 지켜본 혼성군은 마리아가 날린 마법의

위력에 놀라서 다들 입을 떡 벌리고 있었다.

잠시 넋을 잃었던 지휘관이 정신을 차린 후.

"……저, 전군! 마물은 거의 다 해치웠다! 잔당을 토벌하자!"

"""오……오오!"""

마찬가지로 넋을 잃은 병사들에게 지시를 내리고 토벌전을 개시했다.

"그건 그렇고 바람 마법을 선택할 줄은 몰랐네."

"불 마법은 열기가 남을 테고, 물 마법은 바닥이 질척해질 테고, 폭발과 땅은 지형이 바뀌면 뒤처리가 힘들 테니까 바람 마법밖에 선택지가 없잖아?"

"내, 냉정하게 판단했네."

"아니, 그나저나 요즘 마법 정밀 제어 연습만 했으니 그만큼 편하게 쓸 수 있었어."

방금 마리아가 말한 것처럼 첫 공격을 맡는다는 건 뒤처리는 병사들의 몫이라는 뜻이다.

아무래도 불꽃 마법을 썼다면 열기가 남아서 싸울 수가 없고, 물 마법은 땅이 물로 질척해져서 싸우기 불편했으리라.

그러므로 이 경우에는 바람 마법이 가장 좋은 선택이었다.

화가 많이 난 줄 알았는데 그런 생각을 할 여유는 있었나 보다.

"오, 끝났나 봐."

"그야 한꺼번에 저만큼 해치워버렸으니……."

아무래도 마물을 한 마리도 못 잡고 온 병사들도 있는 것 같았다.

몇 사람은 불만스러운 표정이었다.

그리고 토벌을 마친 병사 중 한 명이 아직 마차 위에 서 있는 마리아를 올려다보며 이렇게 말했다.

"……전쟁의 처녀."

"어……."

"전장에 늠름하게 서서 압도적인 힘으로 마물을 해치우는…… 그야말로 전쟁의 처녀다!"

뭐야 그게?

울분을 풀려고 마차 위에 서서 대마법을 날린 것뿐인데?

지붕 위의 마리아에게 시선을 돌리자…… 아, 얼굴이 새빨개졌다.

하지만 지붕 위라 눈에 띄어선지 아무런 반응도 못 하고 굳어 있었다.

"마리아."

"뭐뭐뭐, 뭐야?!"

멈춰버린 마리아를 다시 움직이게 하려고 말을 걸자 엄청나게 말을 더듬었다.

어지간히 당황한 모양이었다.

난 일단 조언을 해주기로 했다.

"병사들에게 적당히 손을 들어준 다음에 내려 와."

"으, 응!"

그렇게 마리아가 손을 든 순간.

"""우오오오오오오오오오!"""

엄청난 환호성이 터졌다.

이게 전투 종료의 신호가 된 걸까?

갑자기 터진 승리의 함성에 마리아가 겁을 먹고 또 굳어버렸다.

어쩔 수 없구만.

"마리아! 이젠 됐어! 내려 와!"

"흐에?! 아, 응."

지붕 위에서 내려온 마리아는 도망치는 것처럼 마차 안으로 뛰어들어왔다.

"굉장한 환호성이었어, 마리아."

"지금도 들리는걸? 전쟁의 처녀래."

"그……그만해. ……그런 이름으로 부르지 마…….."

제멋대로 붙은 호칭이 민망했는지 마리아가 몸을 움츠렸다.

이미 『성녀』라는 호칭이 붙은 시실리는 다 이해한다는 표정으로 말했다.

"후후, 주위에서 그렇게 부르니 부끄럽지?"

"시실리, 신…… 너희 기분을 잘 알겠어. 이건 정말 부끄러워…….."

"그치? 하지만 네가 이럴 정도니 아마 다른 애들도 같은

상황에 처했을지도 모르겠네"

"……동정해."

아무튼 이걸로 우리 실력을 알았을 테니 앞으로 힘을 합치기 편해지려나?

◆

연합군이 처음으로 마주친 마물 무리.

마인령에 가까워졌기 때문인지 상당한 수가 몰려온다는 보고였다.

랄프는 어느 정도의 희생을 각오했지만, 마침 얼티밋 매지션즈에서 자신들의 실력을 보여주기 위해 첫 공격을 맡겨달라는 제안을 꺼냈다.

처음에는 내심 화가 났지만, 잘 생각해보면 지난 각료 회의를 통해 그들의 실력을 모르는 건 담 왕국뿐이라는 사실을 떠올렸다.

그래서 그들의 실력을 파악하기 위해 제안을 받아들였다.

그 결과, 눈앞에 펼쳐진 광경을 랄프는 도저히 이해할 수 없었다.

수많은 바람 칼날이 마물들을 난도질한 후 발생한 회오리 바람이 공격 범위에서 벗어난 마물들을 일제히 쓸어버린 것이다.

그야말로 난생 처음 보는 대마법이었다.

"이것이…… 이것이 신 월포드의 힘이라는 건가……."

무심코 중얼거린 랄프의 말을 근처에 있는 반대파가 아닌 부하가 정정했다.

"아니요. 사도님이 아닌 것 같습니다."

"뭐, 뭐라고?! 그, 그럼 시실리 폰 클로드라는 여자인가?!"

랄프는 사도라는 단어에 한순간 눈살을 찌푸렸지만, 곧 저 마법을 쓴 게 신이 아니라는 사실에 놀랐다.

"아니요. 성녀님도 아니라 분명…… 아, 마리아. 마리아 폰 메시나 양이었습니다."

"뭐, 뭐, 뭐라고……? 이만한 대마법을 날린 게…… 놈들이…… 아니라고……?"

이런 엄청난 마법을 쓴 것이 자신들이 적대시하는 신과 시실리가 아니라 여태까지 안중에도 없었던 얼티밋 매지션 즈의 다른 멤버였다는 사실에 랄프는 한층 더 조바심을 느낄 수밖에 없었다.

같은 시각, 담 대성당.

"아야야야…… 혹 생겼어."

"스승님은 여전하시구만. 카체가 머리를 쥐어 박힐 때 내도 그만 똥구멍이 움찔거렸데이."

"아론은 멜리다 님께 가장 자주 맞았으니까 말이지. ……

그립군."

"행님, 그런 기억은 떠올리지 좀 마소."

과거에 멀린과 멜리다와 함께 여행했던 세 사람은 오랜만에 모여 각자 추억담을 꺼냈다.

당시에 함께 여행했던 동료가 지금은 3대 대국의 국가원수였다.

당시의 디세움은 그나마 왕태자였지만, 다른 두 명은 일개 견습 성직자와 행상인에 불과했었다.

그랬던 것이 이제 와서는 대등한 입장이 됐으니 감회가 깊을 수밖에 없으리라.

"그건 그렇고 스승님은 신 군을 참 소중히 여기시는 것 같네요."

신을 종교적인 우상으로 세웠다가 멜리다의 역린(逆鱗)을 건드리게 된 예카테리나는 그녀가 신을 얼마나 아끼는지 뼈저리게 알게 되었다.

그러자 디세움이 옆에서 이야기를 보충했다.

"그래. 마치 친손자처럼 말이지. 신 군도 멜리다 님을 친 할머니처럼 매우 잘 따르더군. 뭐…… 자주 혼나기도 하지만."

디세움은 쓴웃음을 지었다.

월포드 저택에서의 일상적인 소동이 떠올랐기 때문이리라.

"……그런가요."

그러자 예카테리나는 약간 기분이 침울해졌다.

"전에 그런 일이 있었으니 더 그러시겠지……."

하지만 아론이 눈치 없이 그런 말을 꺼낸 탓에 분위기가 더 무거워졌다.

아론은 그제야 사정을 깨닫고 자신의 경솔한 발언을 사과했다.

"아, 미안하데이. ……니 앞에서 할 소린 아니었구마."

"으응…… 괜찮아요. 벌써 옛날 일인걸요. 이젠 다 털어버렸어요."

"그래……."

그런 것치고는 약간 괴로운 표정이라는 것을 눈치챈 디세움과 아론은 더 이상 아무 말도 할 수 없었다.

"그건 그렇고…… 친손자처럼이라……."

그렇게 말한 예카테리나는 창밖을 바라보았다.

디세움과 아론에게는 그런 그녀의 옆얼굴이 왠지 쓸쓸하게 보였다.

얼티밋 스파이커즈

그것을 눈치챈 건 시실리와 함께 고등 마법학원으로 등교할 때였다.

"응?"

"어라?"

고등 마법학원의 중정을 지나갈 때 학생 몇 명이 이른 아침부터 그것에 열중하고 있는 것을 봤기 때문이다.

"여기까지 퍼진 건가."

"그리고 보니 에리 양네 학교에서도 유행 중이라고 들었어요."

그렇게 말하는 시실리의 시선은 오가는 공을 따라 좌우로 움직이고 있었다.

표정도 무척 즐거워 보였다.

"역시 즐겁네요. 배구는."

그렇다. 현재 중정에서는 학생들이 한창 배구를 하며 노는 중이었다.

우리가 리텐하임 리조트에서 노는 것을 본 얼티밋 매지션즈의 가족과 호위병들을 통해 알스하이드 왕도에 퍼진 새로운 놀이였다.

이 세계에서는 무술과 검술과 마술이라는 인간이 살아가는 데 필요한 전투기술이 매우 성행하고 있었고 그 기술을 겨루는 대회도 개최되고 있었다.

마물이라는 위협이 존재하는 이상 전투기술은 필수였기에 그 대회들은 아무래도 오락이라기보다 기술을 연마하는 자리라는 인식이 강했다.

최종적으로는 그 기술로 자신의 목숨을 지켜야 하는 셈이니 보는 쪽이나 싸우는 쪽이나 다들 진지했다.

그래서 대회도 오락이라기보다는 진검 승부의 자리라는 분위기가 강했다.

명승부가 벌어지면 환호성이 일기도 하지만, 거기에 오락성은 거의 없었다.

하지만 요즘 알스하이드 왕도에 퍼진 배구는 그런 생사를 건 진지함과는 거리가 멀었다.

완전한 오락일 뿐.

경기를 하는 쪽이나 보는 쪽도 일거수일투족에 기뻐하거나 낙담했다.

지금까지 스포츠라는 게 존재하지 않았던 이 세계에 어른부터 아이뿐만 아니라 전투직에 있는 사람들도 평등하게 즐길 수 있는 오락이다 보니 그만큼 빠르게 유행하게 된 모양이었다.

실제로 월포드 상회에서 판매 중인 배구공도 마도구와 달리 싼 가격이라 그야말로 날개 돋친 듯 팔리는 중이라 한다.

이만큼 유행했으니 슬슬 배구용 장대와 네트도 팔아볼까?

그렇게 왕도에서 유행 중인 배구는 사실 전생의 규칙과는 약간 다른 식으로 퍼졌다.

이유는 리텐하임 리조트에서 우리가 한 방식 때문이었다.

원래 배구는 아홉 사람이 한 팀일 경우도 있지만, 일반적으로는 여섯 사람이 한 팀인 게 주류다.

그리고 비치발리볼은 2인 1조다.

우리가 처음으로 놀기 시작한 곳이 해변이라 비치발리볼 규칙으로 2인 1조로 편성하려고 했지만, 아무래도 전원이 비경험자이다 보니 4인 1조로 시작했던 게 어느새 정식 규칙으로 퍼지고 만 것이다.

어택 라인도 없어서 전위와 후위라는 구분도 없었다.

전원이 아무 데서나 공격을 해도 되는 식이다.

배구에는 그밖에도 세세한 규칙이 많았지만, 이 세계에 퍼진 규칙은―.

1. 공을 들고 있어선 안 된다.
2. 두 번 연속으로 공에 접촉해선 안 된다.
3. 같은 팀 내에서 연속으로 공에 접촉해도 되는 건 세 번까지이다.

4. 상대의 코트에 공이 닿으면 1점으로 계산한다.

이 정도밖에 없었다.

오버 네트도 터치 네트도 없었다.

솔직히 아무래도 너무 간략해진 게 아닐까 싶을 정도였다.

"규칙이 간단하니 다들 빠지기 쉬운 거겠죠."

아무래도 결과가 신경 쓰이는지 시실리는 교실로 가면서도 자주 뒤를 돌아보며 분석했다.

개인적으로는 우려했던 점이지만, 오히려 그 덕분에 빨리 퍼지게 된 모양이었다.

하긴, 나도 당시에는 규칙이 간단해서 비치발리볼을 선택했던 거였다.

"지금 다들 놀이 삼아 하는 거지만, 조만간 대회 같은 걸 개최하면 재미있겠네."

"그거 좋네요! 개회하면 다 같이 참가하죠!"

오, 웬일로 시실리가 흥분을 다 했다.

리텐하임 리조트에서 놀았던 게 어지간히 즐거웠나 보다.

"그래. 만약 그런 대회가 있다면 참가하고 싶네."

"예! 꼭!"

그런 대화를 나누다가 교실 앞에 도착해서 문을 연 순간.

"윈드 버스트!"

"푸헙?!"

"꺄아아! 신 군?!"

바람의 마법을 두른 공이 내 안면에 직격했다.

"아앗! 미, 미안! 신 군. 괜찮아?!"

"월포드 군, 별일이네. 직격이었어."

방금 공을 날린 건 앨리스였나.

아니, 그보다 교실 안에서 대체 무슨 짓이야!

덕분에 안면에 직격했잖아!

린은 내가 공격을 허용한 게 신기한 모양이었지만, 확실히 이건 불시의 기습이라 어쩔 수 없었다.

그건 그렇고……

"흠, 저게 신이 말했던 이 완전 방어 교복의 약점인가. 확실히 기습에는 효과가 없군."

"그리고 얼굴도요."

"잘 알았소이다."

"거기 세 사람! 내 걱정도 좀 해!"

"시, 신 군! 코피가!"

오그와 토르와 율리우스는 교복에 건 부여 마법의 약점을 먼저 검증했다.

아니, 내 걱정도 좀 해달라고.

코를 정통으로 맞아서 코피도 났잖아. 시실리가 많이 놀란 모양이었다.

나는 일단 교복에 부여한 『자동 치유』로 피를 멈췄다.

하지만 한 번 흘린 피가 사라지는 건 아니었다.

"신 군, 얼굴이 피투성이에요! 가만히 있어 보세요!"

시실리가 손수건을 꺼내더니 마법으로 생성한 물로 적셔서 내 얼굴을 닦아주었다.

덕분에 얼굴에 묻은 피가 깨끗하게 지워졌다.

"괜찮아요? 또 아픈 데는 없구요?"

"아니, 괜찮아. 고마워."

"아뇨. 그보다 앨리스 양. 교실에 그런 짓을 하면 위험하잖아요."

"그치만 어쩔 수 없잖아! 지금 교정뿐만 아니라 중정이나 연습장도 전부 배구를 하는 사람들로 꽉 찼는걸!"

시실리가 보기 드물게 화난 얼굴로 주의했지만, 돌아온 건 뜻밖의 대답이었다.

"예? 중정에서 하는 건 봤지만……."

"응! 신 군이 만든 놀이라고 하니까 다들 하고 싶어하던걸!"

올 때는 중정밖에 못 봤지만, 배구를 할 만한 공간은 전부 점거한 모양이었다.

"아니, 그보다 다들 너무 쉽게 빠진 거 아냐?"

"뭐, 지금까지 없었던 오락인 데다 고안한 사람이 너라고 하니 더 그렇겠지."

"뭐? 아니, 그보다 넌 어떻게 그런 걸 다 아는 거야?"

"이 나라에 유행 중이라면 왕태자인 내가 현상을 파악해두는 건 당연하잖아. 그래서 이렇게까지 퍼진 원인도 확실히 조사한 거지."

호오~.

평소에는 속이 시커먼 능구렁이지만, 제대로 왕자다운 일도 하나 보네.

"아니, 그보다 내가 고안해서라는 건……."

"슬슬 네 영향력이 얼마나 큰지 자각 좀 해. 책까지 출판된 영웅이면서."

"윽!"

인정하고 싶지는 않았지만, 어쩔 수 없는 모양이었다.

단기간에 연속으로 훈장을 받고 베스트셀러의 주인공까지 된 사람이 고안한 놀이인 데다 지금까지는 존재하지 않았던 완전한 오락.

그런 다양한 요소가 얽혀서 지금의 결과를 이끌어낸 모양이었다.

그리고 그 유행이 왕도 전역에 퍼졌다는 것을 실감한 건 조회를 하러 교실에 들어온 알프레드 선생님의 어떤 이야기를 들은 순간이었다.

"배구 경기요?!"

"그래. 이제 곧 마인령 공략 작전이 결의되고 시작되겠지. 그래서 그 전에 민중과 병사들이 모두 즐길 만한 행사가 없을지 논의되다 마침 요즘 왕도에서 유행하는 배구 대회를 열기로 했다더군."

"굉장해요, 신 군! 아침에 했던 말이 실현됐어요!"

"선생님! 어떤 사람들이 참가하나요?"

시실리는 오늘 아침에 화제로 나온 이야기가 벌써 실현된 것을 기뻐했고, 앨리스는 그보다 참가 팀의 구성이 신경 쓰이는 듯했다.

"그게…… 아직 정해지진 않았다. 이 마법학원은 물론이고 마법사단에서도 참가를 표명했고, 기사학원과 기사단도 참가를 표명했지. 그밖에 민간 참가자들까지 더하면…… 솔직히 얼마나 많이 참가할지 상상도 할 수 없을 정도야."

설마 그 정도로?! 이건 아무래도 터무니없이 큰 규모의 대회가 될 것 같았다.

"너희도 참가할 거지? 아무튼 발안자와 첫 경험자들이니 말이다."

알프레드 선생님이 교실을 둘러보자 다들 일제히 고개를 끄덕였다.

"그럴 줄 알고 대회 규칙을 듣고 왔다. 주로 금지 사항이지만."

그리고 선생님은 대회 요강 중 금지 사항을 우리에게 보여주었다.

그 내용은—.

1. 마법 및 마도구 사용 금지.
2. 제트 부츠 사용 금지.

이 두 항목뿐이었다.

"에엑~?! 모처럼 새로운 필살기를 익혔는데!"

내 코피를 터트린 건 그 신 필살기였냐!

"모처럼 제트 부츠에 익숙해졌는데."

린도 아쉬워했다.

금지 사항 중 마법 금지는 대충 이해가 됐다.

스파이크에 마법을 담아서 날리는 건 무영창이 아니면 무리니까.

그렇게 되면 쓸 수 있는 사람과 못 쓰는 사람으로 나눠져서 공평성이 떨어질 테니 말이다.

하지만 제트 부츠도 사용 금지라는 건 왜지?

월포드 상회에서 평범하게 팔리고 있는 상품인데 말이다.

"제트 부츠는 뛰어오르는 건 괜찮지만, 착지에 실패하면 대참사가 일어날 거라는 의견이 많아서였다. 그렇다고 익숙해진 사람만 쓰는 것도 불공평하다고 해서 처음부터 금지 항목에 넣은 셈이지."

그러고 보니 나도 처음 개발한 당시에는 제어에 실패해서 이리저리 날아다니곤 했다.

뭐, 이 두 가지는 평범하게 노는 사람들에게는 거의 관계가 없는 사항이었다.

주로 관계가 있는 건 우리겠지.

"참고로 대회장은 우리 연습장을 쓰기로 했다."

"예? 왜요?"

왕도 전체에서 참가하는 경기라면 국영 투기장을 쓰는 편이 낫지 않나?

"……금지됐다곤 하지만, 만에 하나라도 마법을 쓸 가능성이 있는 녀석들이 있기 때문이지."

"예에?! 저희는 안 그럴 거거든요?!"

"가장 의심스러운 건 너다! 코너!"

알프레드 선생님의 시선을 받은 앨리스가 항의했지만, 선생님도 되받아쳤다.

그러자 앨리스는 시선을 피하며 불 줄도 모르는 휘파람을 불기 시작했다.

"정말이지…… 명심해, 코너. 안 쓰는 척이 아니라 정말로 쓰지 마라?"

"나 참~ 알았다구요!"

……전혀 진심으로 안 들렸다.

"자, 그럼 참가 접수는 학교에서도 받을 거니까 종례 시간까지 4인 1조로 팀을 정해둬. 오늘 연락 사항은 여기까지다."

알프레드 선생님은 그 말을 끝으로 교실을 나갔다.

"팀 정하기라~. 어떻게 할래?"

선생님이 나가자마자 앨리스가 먼저 말을 꺼냈다.

"흠, 그걸 정하는 것도 중요하겠지만……."

나는 그렇게 말하며 앨리스의 뒤를 바라보았다.

"흐에?"

그러자 앨리스도 따라서 고개를 돌린 순간.

"으흠! 배구 대회에 대한 건 저도 들었습니다만…… 지금은 수업 중이잖아요? 코너 양."

"아, 아하하하. 죄송합니다~."

수업을 위해 이미 교실에 들어왔었던 다른 선생님에게 주의를 받았다.

앨리스는 황급히 자기 자리로 돌아갔다.

"참 나 당신들에게는 실기가 필요 없을지도 모르지만, 이론 수업은 필요하잖아요? 특히 코너 양."

"왜 아까부터 나만?!"

아니, 그건 평소의 수업 태도를 생각하면 자업자득일 텐데…….

그리고 우리는 쉬는 시간뿐만 아니라 점심시간까지 이용해서 팀을 나누기로 했다.

"먼저 같은 팀이 되는 편이 좋다고 생각하는 사람은 없어? 예를 들면 오그와 토르와 율리우스처럼."

나는 먼저 같은 팀이 되는 게 당연한 인원부터 나누기로 했다.

마법을 쓰지 못한다면 어떤 구성이 되든 실력 차는 크게 나지 않을 테니 특히 사이가 좋은 사람끼리 팀을 짜는 게 나을 거라고 생각했기 때문이다.

"그런 식이라면 신과 클로드와 메시나 세 사람과, 빈과 스톤 커플이겠군."

"아, 앨리스 양과 린 양도 한 팀인 게 좋지 않을까요?"

오그가 우리와 마크 커플을, 토르가 앨리스와 린 페어를 지적했다.

"그럼 앨리스 페어와 마크 커플을 한 팀으로 하고 우리랑 오그 팀에 한 명씩 넣으면 되려나."

이걸로 금방 정해지겠군.

"신. 미안하지만, 전하와 한 팀인 건 좀……."

"나도 사양하고 싶어~."

하지만 토니와 유리는 난색을 보였다.

"음, 나와 한 팀이 되는 게 불만인가?"

같은 팀이 되는 걸 거부당한 오그가 불만스러워했다.

"아뇨, 지금까지 몇 번이나 같은 팀으로 몇 번이나 경기를 해봤잖아요."

"그럼 왜 사양하려는 거지?"

"우리끼리라면 상관없지만, 이번 대회는 공개 시합이잖아요?"

"전하와 평민이 당연한 것처럼 친하게 지내는 모습을 남들이 본다면~."

"괜한 질투를 사거나 혼란이 생길지도 모릅니다. 그러니 귀족 중에서 한 사람이 전하의 팀에 들어가는 편이……."

토니는 그렇게 말하며 시실리와 마리아를 쳐다보았다.

그러자 시실리가 쓸쓸한 눈으로 날 바라보는 것을 본 마리아가 먼저 나섰다.

"하아…… 알았어. 내가 전하의 팀에 들어갈게. 이거면 됐지?"

"미안, 메시나 양."

"미안해~."

토니와 유리는 마리아에게 사과했다.

"딱히 사과할 것까진 없어. 그보다 남은 팀이나 어서 정해보자."

마리아는 약간 쑥스러워하며 재촉했다.

그 결과, 나와 시실리 커플과 마크와 올리비아 커플이 한 팀이 되었고 앨리스와 린 팀에 토니와 유리가 들어가게 되었다.

"음…… 잘 나눠진 건지 아닌 건지 모르겠네."

마리아가 정해진 팀을 보고 그렇게 중얼거렸지만, 개인적으로는 괜찮을 것 같았다.

그리고 시간이 흘러 마침내 제1회 알스하이드 배구 대회가 개최되었다.

◆

대회 당일은 참가자들이 일제히 고등 마법학원으로 몰려들었다.

시합은 25점을 먼저 딴 팀이 이기는 원 세트 매치.

참가 팀이 지나치게 많다 보니 몇 개의 연습장에서 예선을 치러서 본선에 진출하는 베스트 열두 팀을 선출하는 방식이 되었다.

참고로 왜 열두 팀이냐면 우리 세 팀이 예선이 면제된 시드 팀이라서다.

아무래도 가장 먼저 시작해서 다른 사람보다 약간 경험이 많기도 했고, 무엇보다 우리가 주로 한 방식이 제트 부츠로 하늘을 날면서 강력한 마법이 담긴 스파이크를 마찬가지로 마법으로 되받아치는 『매지컬 발리볼』이었기 때문이다.

일상적으로 그런 경기를 한 인간들이 예선에 출전하면 당연히 그만큼 다른 팀이 본선에 진출할 가능성이 줄어들 테니 처음부터 시드 팀으로 올려버리자는 이야기가 나와서라고 한다.

아니, 솔직히 그건 좀 아닌 것 같은데.

마법과 제트 부츠를 빼면 우린 의외로 평범한 학생들이거든?

뭐, 우리가 그렇게 주장해봤자 설득력이 없을 테고 이미 정해진 일이라 뒤집을 수도 없었다.

그래서 예선을 돌파한 열두 팀과 우리 세 팀, 그리고 또 다른 시드 팀을 더한 열여섯 팀이 토너먼트 방식으로 본선을 치를 예정이었다.

본선의 개최 장소는 마법학원 부지에 세워진 관객석이 있는 투기장이었다.

그리고 또 다른 시드 팀이라는 것은…….

"아! 신 오빠예요!"

얼티밋 매지션즈의 대기실이 된 연구실로 가려고 복도를 걷고 있자 마침 어린 소녀의 목소리가 들렸다.

그쪽으로 시선을 돌리자 메이가 나를 향해 돌진하고 있었다.

나는 능숙하게 회전하면서 그녀의 몸을 받았다.

"웃차. 평소보다 기운이 넘치네, 메이."

"예! 오늘을 엄청 기대했거든요!"

"흐응, 연습은 많이 했어?"

"잔뜩 하고 왔어요!"

메이는 오늘이 기대돼서 어쩔 줄 모르는 미소로 대답했다.

"그랬구나."

"사실이랍니다. 저도 메이와 함께 잔뜩 연습했는걸요."

뒤에서 목소리가 들리길래 고개를 돌렸더니 오그의 약혼자인 에리가 서 있었다.

"하하. 시누이의 부탁은 거절할 수 없었나."

"그런 셈이죠. 이번 대회는 마법 금지라고 하니 해변에서

처럼 쉽게는 안 될걸요?"

"아바마마와 어마마마도 같이 연습했어요! 안 질 거예요!"

에리는 자신만만하게 웃었고 메이는 두 주먹을 앙증맞게 불끈 쥐었다.

그렇다. 또 다른 시드 팀은 바로 이들이었다.

메이, 에리, 디스 아저씨, 줄리아 아주머니의 팀.

국왕과 왕비와 왕녀와 장래의 왕태자비.

이런 팀이 예선에 나오면 다들 긴장하거나 몸을 사려서 제대로 된 시합이 되지 않을 테니 실력 여하를 불문하고 본선에 내보낼 수밖에 없었다.

그리고 그런 호화로운 팀의 첫 경기 상대는…….

"하아…… 아무래도 창피할 꼴을 당하게 될 것 같은 기분이 드는구나, 신 군."

"이해해요. 진심으로 이해하지만…… 저 배치는 좀 너무하지 않나요?"

그렇게 말하면서 나타난 건 디스 아저씨와 줄리아 아주머니, 즉. 국왕 부부였다.

당연히 주위는 호위병으로 득시글했다.

"어? 아바마마, 어마마마. 벌써 대전표를 보셨어요?"

"전 아직 못 봤는데요."

메이와 엘리는 아직 본선의 대전표를 못 본 모양이었다.

그래서 디스 아저씨와 줄리아 아주머니와 달리 의욕이 넘

첬던 게 아닐까.

"보겠니?"

디스 아저씨는 그렇게 말하며 아직 시드 팀밖에 적히지 않은 대전표를 내밀었다.

"헉?! 거짓말이죠?!"

"이건 너무해요!"

그 순간, 에리와 메이가 경악했다.

"저기…… 이 팀 말고 디스 아저씨네 팀이랑 제대로 경기가 성립될 팀이 있을 것 같아?"

나는 그렇게 말하며 대전표를 가리켰다.

거기에는 『얼티밋 매지션즈 A』와 『팀 로열』이 1회전에서 맞붙게 편성되어 있었다.

우리 팀들은 아무래도 팀명이 거의 똑같다 보니 여백에 구성원들의 이름이 적혀 있었다. 그중에서도 A팀은…….

"오라버니가 상대라니! 이건 좀 아니잖아요!"

그렇다. 바로 오그 일행과 마리아의 팀이었다.

아니, 애초에 이 팀이 아니면 왕족만으로 구성된 팀과 제대로 경기가 될 만한 팀이 없을 테니 이렇게 되는 게 필연이었다.

"지, 지금부터 기권……."

"……할 수 있을 것 같아? 알스하이드에서 처음 열리는 대회인 데다 왕족의 참가로 주목을 모으고 있는데."

에리가 기권이라는 말을 꺼내려 했지만, 내가 끼어들어서 막았다.

애초에 이 대회가 기획된 이유는 이번 마인령 공략 작전이라는 역사상 유례없는 대규모 전투를 앞두고 주민들과 병사들에게 쌓인 스트레스를 조금이라도 풀어주기 위해서였다.

그런데 참가를 표명해서 기대를 모은 왕족이 대전 상대를 보자마자 기권한다면 다들 납득하지 않으리라.

그러니 무슨 일이 있어도 반드시 참가해야만 했다.

"뭐, 마법은 금지됐으니까 너무 심한 꼴은 당하지 않을걸?"

"신 군, 진심으로 그렇게 생각하나?"

"아우구스트인데? 그 진성 사디스트의 화신인 아우구스트인데?"

"대체 어떤 악랄한 함정을 파뒀을지……."

"신 오빠. 진짜 기권하면 안 돼요?"

오그…… 넌 부모와 약혼자와 동생에게 대체 평소에 어떤 모습을 보인 거냐.

게다가 악랄한 함정이라니…….

"저기, 이건 일단 놀이니까 함정을 미리 파두는 건 불가능해."

내가 대전 상대를 알자마자 침울해진 왕족들을 애써 달래는 사이에 얼티밋 매지션즈의 연구실 앞에 도착했다.

"호오, 여기가 그 궁극 마법 연구회. 현 얼티밋 매지션즈의 연구실인가."

"의외로 평범하네."

연구실에 도착하자 약간 괜찮아진 디스 아저씨가 흥미로운 얼굴로 연구실 문을 바라보았다.

그리고 줄리아 아주머니는 대체 어떤 상상을 했던 걸까?

학교 연구동에 있는 방이니 평범한 게 당연하잖아?

나는 그 평범한 연구실 문을 두드리며 안쪽에 말을 걸었다.

"이봐~ 나야. 신이야. 들어가도 돼?"

에리의 눈에는 그 행동이 이상하게 보였나 보다.

"신 씨, 왜 자기 연구실에 들어가는데 노크를 하는 건가요?"

"그건……."

내가 대답하려는 순간.

"와앗! 신 군, 조금만 기다려줘!"

앨리스의 다급한 목소리가 들렸다.

"나 참! 놀기만 하니까 그렇지! 자, 얼른 입어!"

"읍! 푸하! 어라? 이건 팔꿈치용? 무릎용?"

마리아가 앨리스에게 핀잔을 주는 목소리가 들렸다. 아마 앨리스는 상의를 입고 있는 중이리라.

"그건 나중에 차도 되지 않을까요? 그보다 열게요."

"오케이~."

시실리가 확인을 한 후 그제야 연구실 문이 열렸다.

"신 군, 기다리게 해서 미안해요."

그렇게 말하면서 나온 그녀는 배구 유니폼을 입고 있었다.

"오, 잘 어울리네."

"그, 그런가요? 고마워요."

시실리가 입은 유니폼은 어깨의 움직임을 방해하지 않는 소매 없는 상의와 짧은 반바지였다.

기본 색은 얼티밋 매지션즈의 전투복처럼 파란색으로 지정했다.

그리고 팔꿈치와 무릎에는 서포터를 차고 있었다.

조금 전에 앨리스가 말했던 건 바로 이 서포터를 가리킨 것이었다.

"와아! 시실리 씨, 귀여워요!"

"아, 꽤 대담하네요."

"그런가요? 분명 에리 양과 메이 공주님, 그리고 왕비님 것도 있을걸요?"

그 말을 들은 왕족 여성진을 각기 바른 반응을 보였다.

메이는 기뻐했고 에리는 부끄러워했으며 줄리아 아주머니는……

"내가 이걸 입는 거니? 난 꽤 아줌만데도?"

약간 난색을 보였다.

"소매 없는 게 무리라면 반소매도……."

"그걸로 할게!"

화색을 보이는 줄리아 아주머니를 위해 반소매 상의와 반바지도 꺼내기로 했다.

"그건 그렇고 왜 이런 걸 준비한 건가?"

"아, 선전용이야. 배구를 할 때는 이런 차림이 더 하기 편하다는 걸 보여주려고."

모처럼 왕도 전체가 주목하는 대회이니 이런 좋은 기회를 놓칠 수는 없었다.

"그런 고로 자, 디스 아저씨도."

"내 것도 있는 거냐……."

참고로 여자는 소매 없는 상의와 짧은 반바지.

남자는 반소매 상의와 일반 반바지가 기본 복장이었다.

우리 건 파란색이었지만, 왕족용은 빨간색으로 만들었다.

디자인도 멋있었고 이걸 만든 건 당연히 단골인 빈 공방이었다.

다만, 앞으로 상품화한다면 다른 공방에 외주를 줄 거라는 모양이었다.

이번에는 특별히 만들어줬지만, 기본적으로는 금속 가공이 메인인 공방이니 어쩔 수 없겠지.

밖에서 그런 대화를 나누고 있자 마침 다른 얼티밋 매지션즈의 남성진도 모이기 시작했다.

그중에는 당연히.

"음, 아바마마."

"오, 아우구스트냐."

오그도 있었다.

"이런 곳에서 대체 뭘……."

오그가 이런 곳에 있는 이유를 물으려 한 순간, 연구실 안에서 여성진의 목소리가 들렸다.

"와아, 메이 공주님. 귀여우세요!"

"좋은 느낌."

"에헤헤, 그런가요?"

"에리…… 넌 그거, 괜찮겠어?"

"이 옷…… 너무 꽉 끼는 거 아닌가요?"

"네 거가 너무 큰 거야!"

"그런 식으로 따지면 유리 양도!"

"서로 고생이 많네~."

"왕비님도 잘 어울리세요."

"정말? 주책이라고 생각하진 않니?"

오그는 그 소란스러운 목소리를 듣자마자 바로 상황을 전부 눈치챈 모양이었다.

"……그렇게 된 거였군요."

참고로 메이를 칭찬한 건 앨리스와 린. 에리의 말에 짜증을 낸 건 마리아. 동정한 건 유리. 줄리아 아주머니를 칭찬한 건 시실리였다.

여자들이 많이 모이면 이렇게 되는 건가.

아니, 그보다 바로 문 한 장 너머에 남자들이 있는데 말이지.

아무튼 옷은 다 갈아입은 것 같으니 나는 문을 두드리며 안에 말을 걸었다.

"아~ 저기? 옷 다 갈아입었으면 우리도 좀 써도 될까?"

"아, 미안. 이제 들어와도 돼."

마리아의 허가를 받고 연구실 안으로 들어갔다.

그러고 보니 조금 전에는 시실리밖에 못 봤는데 다른 애들은 어떨까?

나는 그렇게 생각하며 다른 여자들도 확인했다.

앨리스와 린과 메이는 비슷한 느낌.

시실리와 마리아와 올리비아도 참 잘 어울렸다.

줄리아 아주머니는 남성용 반소매 상의와 일반 반바지차림.

그냥 여성용을 입어도 잘 어울릴 것 같았지만, 이것만큼은 본인의 의향이 중요하니 강요할 수는 없으리라.

그리고 문제가 되는 건······.

"유리랑 에리······ 그건······."

"어, 어쩔 수 없잖아요? 이런 옷인걸요!"

"월포드 군, 이거 기장이 짧아~."

유리와 에리의 유니폼은 가슴이 지나치게 부피를 많이 차지한 탓에 옷자락이 꽤 위로 올라간 상태였다.

가만히 있으면 문제없지만, 점프라도 하면······.

"일단 확인해보자. 둘 다 한 번 점프하면서 스파이크를 치는 동작을 해봐."

"이렇게~?"

"이렇게요?"

둘은 그 자리에서 점프하며 팔을 휘둘렀다.

이걸 굳이 언어로 표현하자면 퉁·팔랑·출렁이었다.

이, 이걸 어쩌지?

"어, 어쩌지? 둘만 남자용 큰 유니폼으로 갈아입을래?"

일단 이렇게 말할 수밖에 없었다.

이 유니폼을 디자인한 건 나였으니까.

또 이상한 눈초리를 받을지도 몰라!

아니, 지금도 시실리와 마리아가 게슴츠레한 눈으로 날 바라보고 있었다.

에리는 그런 내 절실한 제안이 진지하게 고민했다.

유리는?"

"난 이대로도 좋아~."

좋다고?!

디자인한 내 입으로 말하기는 좀 그렇지만, 상당히 야했는데?

"그치만~ 이쪽이 더 귀여운걸."

그, 그렇구나.

유리는 수치심보다 귀여움이 더 중요한 건가.

그럼 진지하게 고민하던 에리는?

"……저, 저도 이대로 나가도 상관없어요."

억지로 쥐어짜 낸 목소리로 말했다.

어마어마한 고뇌 끝에 내린 결단인 것 같았다.

대체 어째서일까.

바다에서도 그랬지만, 자신의 모습에는 그다지 관심이 없는 타입인 걸까?

"둘 다, 그걸로 괜찮겠어?"

내가 강요한 게 아니라는 증거를 남기기 위해서라도 다시 한 번 물어보았다.

"괜찮아~."

"저, 저만 따돌려지는 건 싫으니까요!"

아, 그게 원인이었구나.

다만, 그렇게 되면 딱 한 사람 예외가…… 그렇게 생각하며 줄리아 아주머니를 돌아본 순간.

"난 아줌마니까 괜찮아."

웃으면서 손을 옆으로 내저었다.

이렇게 해서 간신히 여성진의 옷 갈아입기가 끝났다.

오그는 에리의 유니폼 차림을 보고 이마를 손으로 눌렀지만, 곧 마음을 가라앉혔는지 본선 1회전 상대인 디스 아저씨네 팀을 돌아보며 입을 열었다.

"아바마마, 어마마마, 에리, 메이. 죄송하지만, 이쪽은 전력을 다하겠습니다."

그렇게 선언한 오그는 씨익 웃으며 여성진을 연구실에서 쫓아냈다.

나중에 듣자하니 이때 에리와 메이는 완전히 절망한 표정을 지었다고 한다.

　……진짜 평소에 대체 어떻길래 다들 저러는 거야?

　그렇게 잠시 소동이 있었지만, 예선은 순조롭게 진행되었고 마침내 본선 출장 팀이 전부 정해졌다.

　먼저 크리스 누나가 중심인 여성 기사팀 『홍천녀』.

　이어서 지크 형이 이끄는 마법사단의 경박한 남자들로 구성된 『파뤼나잇』.

　그리고 빈 공방의 장인들이 참가한 『팀 빈』.

　지인 중 정상적인 팀명을 쓰는 건 빈 공방 팀뿐이었다.

　『홍천녀』라는 건 또 뭐야! 무슨 폭주족이야?!

　『파뤼나잇』도! 파티 나이트를 단축하지 마! 엄청 경박하게 들리잖아!

　……그리고 보니 마법사단에는 죄다 경박한 남자들밖에 없다던가?

　기밖에도 기사학원의 학생 팀과 크리스 누나 외의 기사단 팀, 주민들로 구성된 팀 같은 다양한 팀들이 예선을 돌파했다.

　비율로 따지면 기사단 쪽 팀이 약간 많은 편이다.

　마법 금지라 신체 능력이 우수한 기사단 사람들이 더 유리한 거겠지.

　뭐, 그렇다고 해도 힘만 좋다고 이길 수 있는 건 아니니 빈 공방 팀 같은 일반 시민 팀도 본선에 남아 있었다.

왠지 즐거워질 것 같았다.

『그럼 제1회 알스하이드 배구 대회를 개최하마!』

이미 예선 경기가 끝났지만, 관객이 경기를 관전할 수 있는 건 본선부터라 방금 디스 아저씨가 개회 선언을 한 거였다.

그리고 그 후 첫 시합이 바로『팀 로열』대『얼티밋 매지션 즈 A』였다.

디스 아저씨가 리더인 왕족 팀과 오그 일행의 시합이다.

양 팀이 투기장의 특설 코트로 나오자 국왕·왕비·왕태자·왕태자비 후보·왕녀라는, 어지간해선 보기 어려운 면면을 본 관객들의 흥분이 최고조에 도달했다.

그리고 무엇보다 관객들의 시선을 잡아끈 건 다름 아닌 양 팀 선수들이 입고 있는 유니폼이었다.

유니폼을 입은 오그의 모습을 본 젊은 여자들이 환호성을 보냈고 주로 마리아와 에리를 본 남자들은 칠칠맞게 인중을 내밀고 있었다.

"잠깐, 야! 신! 저건 또 뭐야!"

"멋지네요. 여러분만 입다니 치사해요."

선수들은 관객석이 아니라 코트 옆에서 관전하기로 정해져 있다 보니 지크 형과 크리스 누나가 내 옆에서 동시에 투덜거렸다.

"어쩔 수 없잖아. 갑자기 정해져서 다른 팀 것까진 준비할 시간이 없었는걸."

우리 유니폼도 꽤 아슬아슬하게 완성됐다.

다른 사람들의 주문까지 받을 여유는 없었다.

하지만 디스 아저씨네 팀은 대회의 성황을 위해 최대한 애써서 준비한 거였다.

"뭐, 월포드 상회에서 디자인부터 접수할 수 있게 할 테니 다음 대회까지 참아."

"그런 거라면 뭐…… 오, 시합이 시작됐군."

"흠, 폐하의 상대는 아우구스트 전하입니까. ……과연 봐주실까요?"

"크리스 누나. 상대는 오그거든?"

그야…….

"으헉?!"

"꺄아!"

"아바마마! 어마마마! 한심하시군요!"

"꺄아아아아아아!"

"히양!"

"메이! 도망치기만 하면 어쩔 거냐! 에리! ……넌 옷이나 갈아입고 와."

"시, 싫어요!"

아~아~ 처음부터 전력으로 짓밟으려는 속셈이구만.

저 오그가 가족이라고 봐줄 리 없었다.

오히려 국왕 상대로 진지하게 전력을 다하는 모습을 보여 주려 했다.

일부러 저렇게 해서 평민 팀이 귀족이나 기사나 마법사를 상대로도 위축되지 않게 하려는 거겠지.

상대의 신분을 고려해서 봐주는 건 보는 입장에서도 재미가 없으니 말이다.

"아, 아우구스트…… 조금만 더 살살……."

"이 코트 위에 선 이상 신분 같은 건 관계 없습니다! 자, 얼른 일어나세요!"

""""아, 악마~!""""

오그는 디스 아저씨의 비통한 애원도 일축했다.

그때부터 오그의 처참한 유린극이 시작되었다.

아무리 코트 위에서는 모두가 대등하다는 이념을 체현하기 위해서라고는 하지만, 너무 딱해서 보고 있을 수가 없을 지경이었다.

한편, 관객들은 이리저리 바닥을 뒹구는 메이의 앙증맞은 모습과 이곳저곳이 마구 흔들리는 에리를 보고 마음이 치유되기도 했다.

뭐가 마구 흔들렸는지는 옆에 앉은 시실리가 무서워서 굳이 언급하지 않겠다.

1회전은 오그의 팀 『얼티밋 매지션즈 A』의 승리.

1회전을 돌파해 베스트 8에 진입했다.

그 후에도 대회는 순조롭게 진행되었고, 크리스 누나의 『홍천녀』도 1회전을 돌파.

앨리스 일행의 『얼티밋 매지션즈 B』도 승리.

지크 형의 『파뤼나잇』도 이겼고, 드디어 마지막 1회전이 다가왔다.

"이야~ 설마 첫 경기부터 붙게 될 줄은 몰랐네요."

"……동감이에요."

나에게 말을 걸어온 건 늘 신세를 지고 있는 빈 공방의 장인이었다.

그들의 팀인 『팀 빈』의 상대가 내가 속한 팀인 『얼티밋 매지션즈 C』였기 때문이다.

이 사람들에게는 평소에도 개인적으로 많은 신세를 진 데다, 마크에 이르러선 자기 가게의 종업원들이니 무척 껄끄러운 상대였다.

"월포드 씨. 도련님. 오늘은 서로 봐주지 말고 정정당당하게 붙어 보죠!"

장인은 멋진 얼굴로 선언했다.

하긴 그렇겠지.

진검 승부에서 봐주면 어쩌겠어?

좋았어! 그렇다면!

우리는 전력을 다해 싸웠다.

"도, 도련님…… 좀 봐주셔도……."

직인들은 바닥에 주저앉은 채 완전히 넋을 잃은 상태였다.

이거 참, 전력을 다했더니 아주 압승을 해버렸네?

……좀 너무했나?

"월포드 군, 괜찮습니다. 서로 봐주지 말자는 말을 먼저 꺼낸 건 저쪽이니까요."

마크는 싱글벙글 웃으며 말했다.

……의, 의외로 종업원들에게는 엄격하구나.

바닥에 주저앉은 직인들을 간신히 일으켜 세운 후 1회전이 완전히 종료되었다.

이어서 2회전.

조금 전과 마찬가지로 첫 시합은 오그 팀.

그리고 상대는…….

"응? 오, 분명 기사 양성 학원의……."

"오랜만입니다, 전하. 미란다입니다."

기사 양성 사관학원의 학생 팀인 『임시면허 기사』였다.

기사 양성 사관학원과 고등 마법학원의 합동 훈련 때 같은 팀이 됐었던 미란다와 세 남학생들로 구성된 팀이었다.

"그런가. 후후, 1회전은 싸우는 보람이 없는 상대였다만 견습 기사라면 좋은 대전 상대가 될 것 같군."

"하, 하하. 아무쪼록 살살 부탁드립니다……."

일단 면식이 있다고는 해도 상대는 자국의 왕태자이니 좀 껄끄러워 보였다.

하지만 그런 미란다 일행의 표정은 시합이 시작된 순간, 돌변했다.

아무튼 상대는 왕태자이자 우수한 마법사로도 유명한 상대였지만, 이 대회에서는 마법이 금지되었으니 신체 능력이 위인 자신들이 유리하다고 판단한 것이리라.

하지만 배구는 신체 능력만으로 결과가 나는 경기가 아니다.

막상 시합이 시작되자 경험이 더 많은 오그 팀이 미란다 팀을 압도하기 시작했다.

이 광경에는 관객들도 깜짝 놀랐다.

아무튼 미란다를 비롯한 기사 학원생들이 상대가 왕태자라고 봐주는 기색은 전혀 없었기 때문이다.

하지만 슬프게도 그들의 공격이 스파이크까지 이어진 건 고작 몇 번에 한 번 정도의 빈도였다.

그 스파이크도 동작이 익숙하지 않은지 그다지 힘이 실리지 않았다.

그렇다. 자신들의 장점인 힘을 살리지 못한 것이다.

그러다 보니 율리우스나 마리아가 가볍게 공을 건져내고 토르가 토스를 올리면 오그가 날카로운 스파이크로 점수를 내는 루틴이 완성되고 말았다.

결과는 1회전과 마찬가지로 오그 팀의 압승이었다.

"뭐야, 한심하군. 좀 더 강할 줄 알았다만."

"아뇨, 저기…… 저희 실력도 일단 예선까지는 통했는데……."

"겉치레가 아니라, 전하의 팀이 지나치게 강한 겁니다!"

저건 으음…… 누구더라? 기사학원의 1학년 수석이라는 녀석이다.

이름이…… 뭐더라?

"그럴 리가. 아~ 으음……."

"……크라이스입니다. 크라이스 로이드요……."

아! 맞아! 크라이스였지!

"……그럴 리가 없잖아? 크라이스."

오그 녀석, 이름을 들어도 기억이 안 난 모양이다.

결국 왕태자의 기억에 이름을 남기지 못한 크라이스는 힘없이 고개를 떨구었다.

"아뇨, 전하. 크라이스의 말대로입니다. 솔직히 테크닉의 수준이 전혀 다르더군요. 가끔 저희가 넣은 전력을 다한 스파이크도 간단히 막아내시던걸요."

그렇게 말한 미란다는 매우 분한 표정이었다.

"훗. 즉, 힘이 아니라 테크닉이 더 중요하다는 걸 배운 거군? 그럼 다음엔 그걸 살려봐. 난 언제든지 너희의 도전을 기다려주마."

"전하…… 예! 반드시 기술을 갈고닦아서 한 번 더 도전하겠습니다!"

"그 마음가짐이다. 기다리마."

"""에!"""

야~! 너희는 기사 학원생이라고!

분발해야 하는 건 검술이나 지휘 능력의 향상이잖아?!

왜 이런 유흥에 그렇게 진지해지는 건데!

그리고 오그도 쓸데없이 부추기지 마!

"뭐, 그렇다곤 해도 너희의 본분은 기사다. 노는데 정신이 팔려서 본분을 잊지는 말도록."

"아……아하하하. 무, 물론이죠……."

아, 오그가 못을 박았더니 미란다가 시선을 피했다.

저 녀석, 진지하게 배구에 몰두했던 거구만?

아무튼 이것으로 오그 일행의 『얼티밋 매지션즈』 A가 준결승에 진출했다.

다음 시합에서는 크리스 누나의 『홍천녀』가 승리했고, 준결승전 첫 시합은 『얼티밋 매지션즈 A』 대 『홍천녀』로 결정되었다.

그리고 세 번째 시합에서는 『얼티밋 매지션즈 B』가 승리.

역시 다른 팀과는 기본 실력에서 차이가 너무 나는 모양이었다.

경기다운 경기가 거의 성립되질 않았다.

그리고 네 번째 시합은 우리가 나설 차례였다.

"신. 드디어 이 순간이 왔구나."

"지크 형⋯⋯."

바로 지크 형이 이끄는『파뤼나잇』이 우리의 대전 상대였다.

조금 의외였다.

마법사단이라고 하면 마법사단장인 루퍼 씨도 인정한 콩나물 집단이다.

그런데 설마 준준결승까지 남을 줄은 몰랐다.

"중요한 건 힘이 아니라 테크닉이야. 뇌가 근육으로 된 기사단 놈들이게 우리가 질 리 없지."

뭐, 그건 조금 전에 오그도 증명한 사실이다.

그런데 지크 형네 팀도 그런 말을 할 정도로 테크닉이 뛰어났던가?

아무튼 경기 개시.

그리고 난 뜻밖의 광경을 직면했다.

"하앗!"

"두, 두 번만에 넘겼어?!"

그렇다. 점프 토스를 올리는 것 같았던 지크 형의 공이 두 번만에 이쪽 코트로 넘어온 것이다.

설마 이런 페인트를 구사할 줄은 예상하지 못했다.

"웃차! 위험했어!"

하지만 내가 아슬아슬하게 건져냈다.

"어?! 대체 무슨 수로 그걸 건져낸 거야?!"

지크 형이 경악했지만, 아무래도 이건 4인제 경기이다 보니 2인제에 비하면 커버하는 범위가 널널한 편이었다.

"올리비아 양!"

"예! 얍!"

"우왓!"

내가 건진 공을 마침 시실리에게 날리자, 그녀가 토스한 올리비아가 스파이크.

경악한 나머지 막을 틈이 없었던 지크 형네 팀은 그대로 점수를 내주고 말았다.

"나이스! 올리비아!"

"해냈어! 마크!"

"올리비아 양, 나이스예요!"

"나이스, 올리비아."

"시실리 양도 멋진 토스였어요. 월포드 군도 나이스였구요."

1점을 넣은 우리는 화기애애하게 서로를 칭찬했다.

우리는 이렇게 점수를 넣었을 때는 서로를 칭찬하고 실수했을 때는 서로를 격려하는 식으로 경기를 진행하고 있었다.

원래 서로 커플들이라 그런지 팀 분위기도 꽤 좋은 편이다.

코트 옆 일부는 무서워서 차마 쳐다볼 수가 없지만 말이지.

마리아의 원념이 실제로 눈에 보일 것 같아······.

지크 형의 비장의 수였던 페인트를 간신히나마 막아낸 건 우리도 그런 공격 패턴이 있다는 걸 사전에 알고 있었기 때문이다.

설마 저쪽은 우리가 바로 대처할 줄 몰랐으리라.

그 후에도 몇 번인가 페인트를 써왔지만, 모조리 막아냈다.

결과적으로 이긴 건 우리였고 준결승전으로 진출했다.

다음 대전 상대는 『얼티밋 매지션즈 B』. 앨리스 일행의 팀이었다.

"아아~ 결국 졌나. 혹시 너희도 그걸 고안해냈던 거냐?"

시합 후 지크 형이 나에게 말을 걸어왔다.

아마 시행착오 중에 그 기술을 발견했던 것이리라.

"페인트 말야? 우리 시합 때는 자주 써."

"역시 그랬군."

"우리끼리 할 때는 마법 금지가 아니니까 안개 마법으로 신기루를 만들거나 공에 불꽃을 두르는 동시에 화염구도 날려서 어느 쪽이 공인지 헷갈리게 하거나……."

"그건 이미 페인트의 영역이 아니잖아! 대체 뭐야! 너흰 평소에도 그런 짓만 하는 거야?!"

우리가 평소에 하는 방식을 가르쳐줬더니 지크 형이 폭발했다.

아, 그렇군.

왕도에 퍼진 건 마법이 금지된 일반적인 배구였나 보다.

이건 나중에 제대로 설명해야겠다.

"저 공은 마법을 일정 수준까지 담을 수 있어."

"그런 정보를 줘봤자 우리 실력으로는 응용할 수도 없다고!"

음. 아직도 화가 나셨네.

"하지만 지크 형. 얼마 전에 무영창을 쓸 수 있게 됐다며?"

"쓸 수는 있다만, 이렇게 움직이면서는 무리야!"

"아니야, 안 그래. 오히려 격렬하게 움직이면서 무영창으로 마법을 쓰는 훈련이 되지 않을까?"

"으, 으음…… 확실히 그럴지도……."

지크 형 외의 경박남들……이 아니라 마법사단의 형들도 진지하게 고민했다.

겉모습은 경박하지만, 다들 마법이 연관된 일에는 진지해 보였다.

"신. 확실히 네 말대로야. 대회가 끝나면 바로 마법을 도입해서 훈련해볼게."

과연 지크 형.

젊은 나이에 국왕 직속의 호위로 발탁된 초 엘리트다웠다.

겉보기에는 경박하지만!

자, 그건 그렇고 준결승에 남은 건 『얼티밋 매지션즈 A~C』 전부와 크리스 누나의 『홍천녀』였다.

첫 번째 시합은 오그 일행과 크리스 누나 일행의 경기였다.

그리고 시합 내용은…… 뜻밖에도 크리스 누나 일행이 오그 일행을 상대로 접전을 펼치고 있었다.

"호오, 제법이군. 헤이덴."

"칭찬을 들어서 영광입니다, 전하."

오그와 크리스 누나는 네트 너머로 자신만만한 미소를 교환했다.

왠지 저기만 무슨 스포츠 만화 같은 분위기를 풍겼다.

"너, 제법이네."

"하하, 그런가요?"

그런가 싶더니 이번에는 『홍천녀』의 여기사가 마리아에게 말을 걸었다.

"아깝네. 이 정도 몸놀림이면 기사도 얼마든지 될 수 있었을 텐데."

"공교롭게도 전 마법학원의 학생이자 얼티밋 매지션즈의 일원인걸요."

"그래서 더 아깝다는 거야."

어라? 마리아가 기사에게 스카우트를 받고 있었다.

확실히 마리아는 마법사치고는 신체 능력도 제법 좋은 편이다.

"장래에는 동지가 될 거라고 봤는데."

"동지?"

"그녀는 동지 후보입니다."

"크리스 언니?"

……잠깐, 방금 저 여기사가 크리스 언니라고 하지 않았어?

위험해.

저쪽에서 뭔가 위험한 향기를 풀풀 풍기고 있다고!

"동지 후보……. 그러고 보니 저 아이 말고는 전부 남자인데도 전혀 특별 취급을 받지 못하고 있네."

아.

무슨 동지인지 알 것 같았다.

"그런 거였구나. 너도 남자와 인연이 없는 쪽이었어."

"아니거든요?!"

"하지만……."

"자! 전하! 얼른 시작하죠!"

"으, 음. 알았다."

저 여성으로만 구성된 팀은 좋아서 여자끼리 팀을 짠 게 아니라 저럴 수밖에 없었다는 건가.

그리고 마리아에게서 장래에 자신들의 동지가 될지도 모르는 자질을 발견했다고…….

그 후의 마리아는 분노로 전의를 불태우며 크리스 누나네 팀의 공격을 모조리 막아냈다.

솔직히 그 기세로 마법을 쓰진 않을지 조마조마할 정도였다.

그 결과, 초반에는 비등했던 시합은 중반을 넘어가면서부터 『얼티밋 매지션즈 A』가 점수 차이를 벌리며 결승 진출 티켓을 거머쥐게 되었다.

"역시 넌 소질이……."

"끈질기거든요?!"

한편, 마리아는 코트 밖에서도 또 싸우고 있었다.

그리고 다음 준결승전은 『얼티밋 매지션즈 B』 대 『얼티밋 매지션즈 C』

우리 팀과 앨리스 일행의 경기였다.

"흐흥, 이제야 겨우 해볼 만한 상대랑 만났네!"

"솔직히 지루했어."

앨리스와 린은 동시에 우리를 손가락으로 가리켰다.

"뭐, 우리도 같은 의견이야. 이제야 재밌어질 것 같네."

"후후, 살살 부탁할게~."

토니와 유리도 즐거워 보였다.

B팀은 이 준결승전까지 일반 시민 팀을 돌파하면서 올라왔지만, 시합 내용은 대부분 상대의 자멸이었다.

거의 공격도 해본 적 없이 순조롭게 올라왔다.

즉, 여기까지 와서야 제대로 된 시합이 성립된 셈이다.

우리에게도 첫 강적이라 볼 수 있었다.

우리는 원진을 짜고 다시 기합을 넣었다.

"지금까지의 상대와는 차원이 달라. 기합 넣고 가자!"

"""오!"""

내 호령에 반응한 세 사람은 코트 안으로 흩어졌다.

이런 거 참 좋네.

왠지 제대로 된 스포츠를 하는 느낌이다.

그리고 경기는 앨리스 일행의 서브로 시작되었다.

평소였다면 제트 부츠를 이용해서 초고도 서브를 『투하』했을 테니 평범하게 포물선을 그리는 서브에 왠지 엄청난 위화감이 느껴졌다.

하지만 뭐, 이게 평범한 배구인 거겠지.

나는 속으로 그렇게 생각하며 평범한 서브를 무난하게 리시브했고, 그걸 시실리가 토스했다.

그리고 마크가 스파이크를 날렸지만…… 이윽고 우리 모두는 뭐라 형언할 수 없는 기분에 잠기고 말았다.

평소에도 다양한 조합으로 경기를 하는 편이라 물론 지금 같은 팀 구성이 될 때도 있었다.

그때마다 공격적인 성향의 앨리스와 린이 전위로 나올 때가 많았다.

그리고 그건 이번에도 마찬가지였지만, 평소에는 늘 마법과 제트 부츠를 병용하다 보니 모두가 미처 깨닫지 못한 사실이 있었다.

키가 작은 앨리스와 린은 그 사실을 잊은 채 평소처럼 전위로 나와 블로킹을 시도했다.

하지만…… 마법도, 제트 부츠의 보조도 없는 두 사람의 손은 네트 위를 넘지 못했다.

마크가 날린 공은 아무런 저항도 없이 코트로 빨려 들어갔다.

착지한 마크도, 그 광경을 본 우리도, 동시에 얼굴을 붉히며 고개를 떨군 앨리스와 린도 차마 뭐라 반응할 수 없었다.

"이, 일단 경기를 진행할까."

토니가 간신히 목소리를 쥐어짜 낸 덕분에 경기가 재개되었다.

이번에는 우리가 서브를 날렸다.

역시 포물선을 그리는 공을 토니가 간단히 리시브했고 유리가 토스했다.

그리고 도움닫기를 한 앨리스가 있는 힘껏 점프했다.

"가라아아앗!"

그런 고함과 동시에 전력으로 스파이크한 공은…… 그대로 네트에 꽂혔다.

힘없이 바닥으로 떨어지는 공.

차마 시선을 마주칠 수 없는 우리.

앨리스는 이번에도 새빨갛게 익은 얼굴로 고개를 떨굴 수밖에 없었다.

"으, 으음…… 코, 코너 양과 휴즈 양은 후위를 맡아주면 안 될까?"

"마, 맞아~. 그 편이 낫겠어~."

토니와 유리의 위로에 앨리스와 린은 말없이 뒤로 이동했다.

이제야 겨우 평범한 시합을 할 수 있을 것 같다.

후위로 간 앨리스와 린은 서브뿐만 아니라 리시브도 무난하게 해냈다.

그렇게 앨리스나 린이 올린 공을 토니나 유리 중 한 명이 토스하거나 공격을 담당했다.

뭐, 배구에서 스파이크는 공격자를 알면 높은 확률로 블로킹이 가능하다.

토니와 유리도 그걸 잘 알고 있어서 블로킹 옆이나 사이를 노려서 가끔 점수를 냈다.

일진일퇴의 공방전.

이제야 겨우 짜릿한 전개가 펼쳐졌다.

그래도 우리 팀의 우세는 변함없이 시합 종반에 접어든 순간.

"아, 진짜! 다들 치사해!"

"우리도 제대로 참가하고 싶어."

""어?""

리시브만 하느라 공격에 참가하지 못했던 앨리스와 린이 갑자기 항의했다.

놀란 반응을 보인 건 토니와 유리였다.

우리가 날린 서브를 앨리스가 리시브.

그리고 린이 그 공을 높이, 아주 높이 토스했다.

저건…… 설마!

"으랴아아아아아앗!"

앨리스가 토스하는 타이밍에 맞춰서 신체 강화 마법을 쓰고 도약했다.

"가라! 윈드 버스트!"

그리고 바람의 마법을 발동한 그녀는 교실에서 연습했던 신 필살기를 날렸다.

바람의 마법을 두르고 탄환처럼 사출된 공.

마법으로 요격할 준비가 전혀 안 된 우리는 당연히 막을 수 없었고, 공은 글자 그대로 코트에 강렬하게 내리꽂혔다.

"어때! 봤어! 이게 내 새로운 필살기 윈드 버스트야!"

"이건 괜찮네. 쓸 만해."

상공에서 바람의 마법으로 착지한 앨리스가 린과 하이터치했다.

"얼티밋 매지션즈 B팀 마법 사용으로 반칙패를 선언합니다."

하지만 심판에게 반칙패를 선고받고 말았다.

"뭐, 어쩔 수 없지!"

"어쩔 수 없어."

앨리스와 린은 어째선지 자랑스럽게 가슴을 펴며 심판의 판결을 받아들였다.

토니와 유리는 쓴웃음을 짓고 그런 앨리스와 린에게 다가갔다.

"이거 참, 뭐…… 기분은 이해하겠지만."

"마법을 쓸 수 없으면 앨리스와 린에게는 불리하니까~."

"이젠 승패 같은 건 아무래도 좋아. 반성도 후회도 안 해!"

"어차피 놀이야. 이왕 질 거라면 화려한 공격을 보여주고 싶었어."

토니와 유리는 화내기는커녕 활약한 기회를 주지 못한 앨리스와 린에게 동정적인 태도를 보였다.

그리고 앨리스와 린은 어차피 질 거라면 화려한 공격으로 유종의 미를 장식하고 싶었던 모양이다.

한편, 그 화려한 공격을 본 관객들은 처음에는 반칙패 선언에 어리둥절해 했지만 곧 서서히 앨리스에게 환호성을 보내기 시작했다.

저기요. 이긴 건 우리거든요?

이긴 우리보다 진 앨리스 일행이 더 큰 환호를 받았다.

뭐, 첫 대회였는 데다 배구 규칙 자체가 알려진지 얼마 안 돼서 기술적으로는 다들 별 볼일 없다 보니 의외로 볼 만한 경기가 별로 없었던 것도 사실이었다.

그런 상황이라 앨리스의 공격은 한층 더 매력적으로 보였으리라.

환호 중에는 마법을 금지하지 않은 시합도 보고 싶다는 목소리도 섞여 있었다.

흠, 대회가 끝나고 잠깐 특별 경기를 열어볼까?

이렇게 해서 준결승도 끝나고 남은 건 결승전뿐이었다.

결승전 카드는『얼티밋 매지션즈 A』대『얼티밋 매지션즈 C』.

우리와 오그 일행의 시합이었다.

이번에도 얼티밋 매지션즈 간의 시합.

그리고 조금 전에 앨리스가 쓴 마법 스파이크 덕분인지 관객들도 기대감을 고조시켰다.

이건 같은 얼티밋 매지션즈라면 조금 전과 똑같은 화려한 공격을 보여주지 않을까 기대한 것이리라.

하지만 유감스럽게도 이번에는 대회의 운영위원회가 정한 규칙이 있었다.

관객의 요망이 워낙 많다 보니 일단 협의는 해봤지만, 결국 대전 상대에 따라 규칙을 바꿀 수는 없다고 결론이 나면서 마법은 금지되었다.

"이제야 재미있어질 것 같군."

"그건 유감이네. 이번에도 재미없을 거야. 우리가 이길 테니까."

지금까지 낙승을 거둔 오그가 여유 있는 태도를 보이자 나도 질 수 없다는 듯 상대를 도발했다.

네트 너머로 나와 오그의 시선이 교차했다.

이런 거 참 좋네.

결승전의 긴장감이 고조되기 시작됐다.

그러고 보니 지금까지 오그와는 마법을 금지한 규칙으로 겨뤄본 적이 없었다.

자, 과연 마법을 쓰지 않는 왕태자 전하의 실력은 어느 정도일지 감상해볼까?

잠시 그렇게 깔본 시기가 저에게도 있었습니다.

"아차!"

"꺄악!"

"시실리!"

오그가 내 블로킹을 빗겨 나가는 스파이크를 날렸다.

그 공은 시실리의 몸에 맞고 코트로 떨어졌다.

"괜찮아?!"

제길! 과연 오그다. 능숙해!

하지만 시실리에게 공을 맞히다니…… 그런 건 내가 절대로 용서 못 해!

"아야야…… 괜찮아요. 미안하요. 다음에는 확실히 건져 낼게요."

"그래, 다행이다. 분발하는 건 좋지만, 무리는 하지 마."

"예!"

시실리는 신체 강화 마법이 없으면 평범한 스파이크에도 반응하지 못했다.

아무래도 내가 보조할 수밖에…… 아, 맞아. 그걸 한 번 시험해보는 건 어떨까.

"시실리, 잠깐……."

"예?"

내가 귓속말로 어떤 작전을 전달하자 그녀는 의아한 표정을 했다.

"신 군이라면 분명 뭔가 생각이 있겠지만…… 대체 뭘 하려는 건가요?"

"그건 직접 보기 전까지 기대해."

그리고 우리는 오그의 서브를 기다렸다.

마크가 리시브한 서브가 시실리에게 날아간 순간.

지금이다!

나는 작전대로 시실리가 토스를 올리기 전에 점프했다.

"뭐?!"

예상했던 대로 오그는 경악했다.

하긴 그럴 만도 했다.

지금까지 이런 공격 패턴은 본 적 없었을 테니까!

"신 군!"

그리고 시실리가 올린 토스는 네트 위를 아슬아슬하게 넘길 정도로 낮았다.

"하앗!"

나는 그 공이 네트 위로 오른 순간 바로 스파이크를 날렸다.

그러자 공은 블로킹을 시도한 오그의 바로 뒤에 내리꽂혔다.

해냈다! 연습 없이 시도한 『속공』이 성공했어!

"신 군, 굉장해요! 바로 위에서 꽂혔어요!"

"너도 주문한 대로의 토스였어!"

나는 시실리와 손을 맞잡고 기쁨을 함께 나누었다.

"……칫."

응? 방금 혀 차는 소리가 들린 것 같은…….

그러자 마침 마크와 올리비아도 다가왔다.

"월포드 군! 방금 그건 뭡니까?!"

"굉장했어요!"

지금까지는 마법에만 의존하느라 이런 테크닉은 쓸 필요가 없었으니 놀란 거겠지.

"좋아, 시실리. 앞으로는 다양한 토스를 섞어서 올려줘."

"예! 그럴게요!"

이렇게 해서 시실리는 평범한 토스와 『속공』용 토스를 나눠서 쓰게 되었다.

아직 『속공』을 쓸 수 있는 건 나뿐이라 시실리는 『속공』용 토스를 올리기 전에는 반드시 나에게 눈으로 신호를 보냈다.

눈과 눈의 대화라…… 왠지 좋은걸.

그리고 시실리가 나에게 또 눈으로 신호를 보냈다.

그걸 보고 속공이 올 거라고 판단한 오그가 나와 점프 타이밍을 맞춰서 블로킹을 시도했다.

"앗! 미끼였나!"

하지만 시실리는 내가 아니라 올리비아에게 평범한 토스를 올렸다.

"야압!"

나에게 블로킹을 집중하느라 정신이 팔린 오그 일행은 올리비아에게 속수무책으로 점수를 내줄 수밖에 없었다.

"먹혔어!"

올리비아는 펄쩍 뛰며 기뻐하더니 마크에게 안겼다.

그리고 나도 시실리를 끌어안았다.

"시실리, 굉장해! 오그를 완전히 농락했잖아!"

"미안해요, 신 군. 미끼로 써서……."

"그게 무슨 소리야! 난 전혀 상관없어. 오히려 틈틈이 미끼로 써먹어도 돼!"

"예!"

"칫, 과연 신과 클로드군. 완벽한 연계야."

기뻐하는 우리를 본 오그가 혀를 찼지만, 조금 전에 들린 소리와는 뭔가 좀 달랐다.

그럼 아까는 대체 누가…….

"……으드득!"

……방금 누군가가 이를 악문 것 같은 소리가…….

아까부터 누구지?

왠지 신경 쓰였지만, 시합은 계속되었다.

이번에는 이쪽이 서브다.

올리비아가 서브를 날리고 율리우스가 리시브.

키가 작아서 세터를 맡은 토르가 토스를 올렸다.

그걸 공격으로 연결한 건 마리아였다.

"이거나 먹으시지!"

있는 힘껏 점프해서 혼신의 힘을 담은 스파이크는…….

"아앗?!"

나와 마크의 블로킹에 가로막혀 상대 쪽 코트로 떨어지고 말았다.

"신 군! 해냈군요!"

"마크! 굉장해!"

서로에게 여친들이 안겨들었다.

빠직……!

응? 방금 뭔가 끊어진 듯한 소리가…….

내 신발 끈을 확인해봤지만, 멀쩡했다.

시실리와 마크와 올리비아의 신발 끈도 무사했다.

"신 군, 왜 그러세요?"

"응? 아, 아무것도 아니야. 방금 뭔가 끊어진 것 같은 소리가 들려서……."

"그런가요?"

"기분 탓일 걸다."

"맞아요. 그보다 이 상태로 계속 점수를 내보죠!"

올리비아는 그렇게 말하더니 다시 서브를 날렸다.

……분명히 들렸는데 말이지.

그리고 올리비아가 서브를 날린 후.

사건이 터졌다.

오그가 리시브하고 토르가 서브를 올린 순간, 공격자로

나선 마리아의 몸에 대량의 마력이 모이기 시작한 것이다.

"야! 마리아?!"

"조금 전부터 남들 이목도 신경 안 쓰고 아주 꽁냥꽁냥꽁냥꽁냥! 적당히 좀 해!"

그리고 그녀는 마력을 전개해서 스파이크를 날렸다.

"위험해! 다들 피해!"

그 공에 담긴 건 설마했던 폭발 마법이었다.

나는 시실리를 감싸며 코트 밖으로 몸을 날렸다.

마크가 나처럼 올리비아를 안고 코트에서 탈출하는 모습이 시야 한구석에 들어왔다.

그렇게 무인지대가 된 코트에 마리아가 날린 마법 스파이크가 작렬했다.

이제는 세계에서도 손꼽히는 마리아가 날린 폭발 마법은 우리 코트뿐만 아니라 네트와 오그 일행까지 무자비하게 휩쓸었다.

저쪽은 각자 마력 장벽으로 피해를 차단한 모양이지만 말이다.

그리고 폭염이 잦아든 후 경기장 위에 서 있는 건 마리아뿐이었다.

"후욱~! 후욱~!"

그녀는 어째선지 거칠게 숨을 내쉬며 이쪽을 노려보고 있었다.

왜 저런 눈으로…… 아! 나와 마크는 각자 시실리와 올리비아를 감싸고 엎드린 자세였다!

지금의 마리아에게는 굉장히 자극적인 광경이었으리라.

"너·희·들……."

바로 경기와 관계없이 순수한 마법을 날리려 한 순간!

"얼티밋 매지션즈 A 팀! 마법 사용으로 반칙패를 선언합니다!"

심판이 그걸 막으려는 듯 큰 목소리로 오그 팀의 반칙패를 선고했다.

나 원 참, 이걸로 끝…….

"아주 대놓고 보라는 거지?!"

"아앗?!"

……이 아니라 대뜸 공격 마법을 날렸어?!

당연히 마력 장벽으로 방어했지만, 아무리 그래도 너무 흥분한 거 아니야?

"하아. 이제야 조금 후련하네."

"이걸로 조금이냐……."

하지만 이런 시합 중의 스킨십은 우리끼리 매지컬 발리볼을 할 때도 자주 있었는데 말이다.

"아까 『홍천녀』의 기사들에게 솔로 동지 취급을 받았는데……."

"여러분의 꽁냥거리는 모습에 한층 더 열이 받으셨던 거겠죠."

덩달아 마법에 휩쓸렸던 오그와 토르가 상황을 냉정하게 분석했다.

아, 그거 때문이었나…….

솔로 동지로 인정받는 바람에 정신적으로 약간 불안정해졌던 걸까?

그건 그렇고 2연속 반칙패로 우승이라니.

왠지 소화불량에 걸린 것 같은 느낌이었다.

하지만 그렇게 생각한 건 나뿐이었는지 관객들은 다시 한 번 목격한 화려한 마법에 커다란 환호성을 터트렸다.

게다가 이번에는 시합장 전체를 날려 버릴 정도의 강력한 마법이었으니 그만큼 관객의 흥분도 어마어마했다.

……아니, 저기요. 우승한 건 우리 팀이거든요?

결국 우승한 우리 팀보다 반칙패로 진 앨리스가 마리아가 더 인기를 누리는 대체 뭐라 표현해야 좋을지 모를 결말을 맞이하고 말았다.

참고로 대회가 끝난 후에는 마법과 제트 부츠를 해금한 특별 경기를 선보였다.

그 결과, 특별 경기가 가장 반응이 좋았던 건 두말할 필요도 없으리라.

■작가 후기

며칠 전에 어떤 패밀리 레스토랑에서 있었던 일.

요시오카 : "실례합니다. 이 일본풍 버섯 파스타를 주문할 수 있을까요?"

점원 : "죄송합니다. 방금 버섯이 다 떨어진 참이라……."

요시오카 : "아, 그런가요(그럼 다른 걸로 주문할까)."

점원 : "버섯을 빼도 괜찮으시다면 가능합니다만."

요시오카 : "그걸 팔겠다고?!"

안녕하세요. 며칠 전에 패밀리 레스토랑 점원과 정말로 이런 대화를 나눈 요시오카입니다.

『현자의 손자』에는 기본적으로 코미디 요소를 많이 넣으려고 하다 보니 일상에서도 이런 재미있는 에피소드가 없을지 찾아보곤 합니다.

독자 여러분께서 피식이나마 웃으실 수 있었다면 다행입니다. 물론 히죽히죽도 괜찮습니다.

이번에는 후기가 짧습니다만, 여기까지. 이번에도 『현자의 손자』와 연관된 모든 분들께 감사 인사를 드리고 싶습니다. 정말 감사합니다.

■역자 후기

안녕하세요, 이번에는 역자 후기가 짧아서 한숨 돌린 역자 최승원입니다.

이번 권에서는 작가님께서도 후기에 언급한 것처럼 왠지 코미디 요소가 많았네요. 그중에서도 개인적으로 가장 인상 깊었던 건 번외편의 준결승전에서 나온 앨리스와 린의 경기 모습이었습니다. 왕도 전체의 주민들이 주목하는 앞에서 이런 수치 플레이라니…… 적어도 저라면 향후 30년간은 이불 킥을 할 자신이 있습니다. 개그씬의 희생양이 된 그녀들에게 애도를.

드디어 다음 권은 마인령 공략 작전 개막! 마인들과의 전면전이 시작되는 다음 권을 기대해주시길 바라며 저도 이만 짧은 후기를 마치겠습니다.

현자의 손자 6
위풍당당한 사도 탄생

초판 1쇄 발행 2019년 4월 10일

지은이_ Tsuyoshi Yoshioka
일러스트_ Seiji Kikuchi
옮긴이_ 최승원

발행인_ 신현호
편집국장_ 김은주
편집진행_ 최은진 · 김기준 · 김승신 · 원현선 · 권세라
편집디자인_ 양우연
국제업무_ 정아라
관리 · 영업_ 김민원 · 조인희

펴낸곳_ (주)디앤씨미디어
등록_ 2002년 4월 25일 제20-260호
주소_ 서울시 구로구 디지털로 26길 111 JnK디지털타워 503호
전화_ 02-333-2513(대표)
팩시밀리_ 02-333-2514
이메일_ lnovelpiya@naver.com
L노벨 공식 카페_ http://cafe.naver.com/lnovel11

KENJA NO MAGO Vol.6 EISHI SASSO NO MITSUKAI KOUTAN
ⓒTsuyoshi Yoshioka 2017
First published in Japan in 2017 by KADOKAWA CORPORATION, Tokyo.
Korean translation rights arranged with KADOKAWA CORPORATION, Tokyo.

ISBN 979-11-278-5000-5 04830
ISBN 979-11-278-3969-7 (세트)

값 7,000원

녹을 먹는 비스코 1권

코부쿠보 신지 지음 | 아카기시K 일러스트 | mocha 세계관 일러스트 | 이경인 옮김

모든 것을 녹슬게 만들며 인류를 죽음의 위협에 빠뜨리는 《녹바람》 속을 달리는
질풍무뢰의 『버섯지기』 아카보시 비스코.
그는 스승을 구하기 위해
영약이라 전해지는 버섯, 《녹식》을 찾아 여행하고 있다.
미모의 소년 의사, 미로를 파트너 삼아 파란만장한 모험에 나서는 비스코.
가는 길에 펼쳐지는 사이타마 철(鐵)사막,
문명을 멸망시킨 방어 병기 유적으로 지은 도시,
대왕문어가 둥지를 튼 지하철 폐선로……
가혹한 여정 속에서 차례차례 덮쳐오는 위협을
미로의 번뜩이는 지혜와 비스코의 필중의 버섯 화살이 꿰뚫는다!
그러나 그 앞에는 사악한 현지사의 간계가 도사리고 있는데……?!
제24회 전격소설대상 《은상》에 빛나는 질풍노도의 모험담!
사상최초! 이 라이트노벨이 대단하다! 2019
문고 부문 종합&신작 공동 1위!

라이트노벨의 새로운 빛! l노벨의 신간은 매월 10일에 발매됩니다. http://cafe.naver.com/lnovel11

이 멋진 세계에 축복을! 1~15권

아카츠키 나츠메 지음 | 미시마 쿠로네 일러스트 | 이승원 옮김

게임을 사랑하는 은둔형 외톨이 소년, 사토 카즈마의 인생은
너무나도 허무하게 그 막을 내린…… 줄 알았는데,
정신을 차려보니 눈앞에 여신을 자처하는 미소녀가 있었다.
"이세계에 가지 않을래? 원하는 걸 딱 하나만 가지고 가게 해줄게.",
"그럼 널 가지고 가겠어."
이리하여, 이세계로 넘어간 카즈마의 대모험이 시작……되나 싶었는데,
결국 시작된 것은 의식주 확보를 위한 노동이었다!
카즈마는 그저 평온하게 살고 싶지만,
문제를 연달아 일으키는 여신 때문에 결국 마왕군에게 찍히고 마는데?!

애니메이션 방영 화제작!!

레전드 1~6권

칸나즈키 코우 지음 | 유우나기 일러스트 | 김장준 옮김

고등학교 2학년 여름 방학, 사에키 레이지는 사고로 목숨을 잃는다.
정신이 든 그의 앞에 나타난 것은 이세계 대마술사 제파일이었다.
"그대에게는 숨겨진 마력이 있다네.
그 재능으로 나의 일문이 만들어 낸 『마수술』을 계승해주게."
부탁을 승낙한 레이지— 레이는 이세계 엘진에서 제2의 인생을 걷는다.
새로운 육체와 더없이 강력한 매직 아이템 그리고 파트너인 마수 세트와 함께……
이것은 이세계에 새로운 「전설」을 새길 소년의 이야기.

『마수』를 파트너 삼아 소년이 새기는 전설이 지금 시작된다!

단칸방의 침략자!? 1~25권

타케하야 지음 | 뽀꼬 일러스트 | 원성민 옮김

소년 사토미 코타로가 홀로서기를 위해 찾아낸 단칸방.
부엌 욕실 화장실 포함에 월세는 단돈 5천엔.
어느샌가 그 방은 침략 목표가 되었다?!

'미소녀', '유령', '외계인', '코스플레이어' 그 누가 상대라해도

"너희에게 이 방을 넘겨줄 수는 없어!"

단 한칸의 방을 걸고 벌어지는 침략일기. 시작합니다!
TV애니메이션 방영 화제작!!

세븐캐스트의 히키코모리 마술왕 1~4권

미사키 카츠미 지음 | mmu 일러스트 | 송재희 옮김

마술이 개념화하여 물리 법칙을 능가한 신생 마법세계.
이곳 마도에는 마술 결사 「세븐캐스트」가 최강이라는 이름하에 군림하고 있었다—.
"그저 빈둥거리면서 살고 싶어……."
마술학원에 다니는 브란은 마술로 만든 분신에게
출석을 대행시키는 등교거부 학생.
다만 전학생인 왕녀 듀셀하고는 같은 히키코모리 기질 때문인지
묘하게 가까워지고?!
그러나 듀셀의 정체는 전투에 특화된 루브르 왕국의 국가마술사였다—.
"그럴 수가, 나보다 고위 마술사라니."
"상대가 안 좋았네— 내가 「세븐캐스트」의 위자드 로드야."
일곱 섀도를 원격 조작으로 사역하여 세계 질서를 뒤엎어라?!

히키코모리야말로 최강—
문외불출 신세기 마술배틀 판타지!!

라이트노벨의 새로운 빛! 니노벨의 신간은 매월 10일에 발매됩니다. http://cafe.naver.com/lnovel11

© Kaoru Shinozaki / OVERLAP
Illustration Kohada Shimesaba

성수국의 금주술사 1~8권

시노자키 카오루 지음 | 시메사바 코하다 일러스트 | 김덕진 옮김

사가라 쿠로히코는 어느 날 하얀 빛에 휩싸여 의식을 잃게 된다.
그가 눈을 떴을 땐 성스러운 나무를 신앙하는 이세계에 서 있었다.
학원에 들어가게 된 쿠로히코는 어째서인지 아무도 읽지 못했던
『금주』의 주문서를 간단히 읽어 버린다.
—제9금주, 해방.”
『성수사』를 육성하는 학원에 입학하게 된 한 명뿐인 『금주술사』
그 새로운 인생의 막이 오른다!

제1회 오버랩 문고 WEB 소설 대상
『금상』 수상작의 이세계 판타지, 여기에 등장!